*To My Husband John And My Four Children,*

*Matthew,Sarah,Rachel And Luke.*

# 温莎堡的黄玫瑰

王晓丹 作品

Yellow Roses
in
Windsor Castle

世界之旅散文集

百花洲文艺出版社
BAIHUAZHOU LITERATURE AND ART PRESS

# 万卷书与万里路

陈东有

有一位朋友邀请我同他一道去旅行，所有的费用都由他承担。这真是一件很美很美的事。不过他有个条件，但凡每到一处景点，我都必须给他讲讲书上是如何写的。他说我看的书多，可以帮他解决他的不足。这就是一件很难很难的事，因为我读的书并不多，难以满足他的要求。



不过，这可是一个非常好的想法，试想一位行者，每到一处，每观一景，都能够在自己所读过的书里找出相应的知识、史实、哲理，那就是在一幅绝美绝佳的风景画上配上一首恰到好处般配的诗，真是一件让人感到特别美的事。中国人自古倡导读书，“读书破万卷，下笔如有神”；中国人自古也倡导出游，而且更重视游学，把游学作为开阔视野、结交学者、增加学识的重要途径。两者相加，中国人把它叫做“读万卷书，行万里路”，最好的就是二者都兼而有之。我有时登山观景，临川抒怀，若能冒出几句曾经读过的优美诗句，或想起某本书上记载的哲理典故，的确获益更丰。

晓丹说她很喜欢到世界各地去旅行，而且一直在抓住机会出去；晓丹说她很喜欢读书，而且总是在不断地阅读。她把自己的旅行记载下来的同时，也就把自己读的一部分书及其感受也记了下来。看来，晓丹不仅是一位好学的姑娘，也是一位勤于思考善于写作的才女。古人的万里路，与今天人们对距离的认知是一个概念；古人的万卷书不同于今天的万本万册书的概念，我们今天就把它理解为很多的书就可以了。古人要做到“读万卷书，行万里路”，不容易，条件有限。今天的人们只要愿意去做，做到这“两万”不难。但是今天又有多少人去做了呢？这就必须要有信心，有恒心。晓丹有此信心，也有此恒心，这本新书就是一个很好的证明。

晓丹的这本散文集，可以看作是“读万卷书，行万里路”的“两万”之书，这本书最大的特点是既有游，又有书。游者，从东半球到西半球，何止万里，风土人情，所见所闻，人面景物，叙事抒情；书者，古今中外、诗文剧歌，或前所读，或近再阅，顺手拈来，落笔从容，而且把万卷书与万里路结合得甚好，给人很多的收益。

晓丹一定是莎士比亚的忠实读者，在《温莎堡的黄玫瑰》中，我知道她读了莎士比亚的《温莎的风流娘儿们》，在《雨中寻访爱情圣地》就有《十二夜》《罗密欧与朱莉叶》，还有莎翁的十四行诗；她肯定是认真阅读了有关维多利亚女王的历史才会写出《爱语呢喃的宫殿》；她把徐志摩的《再别康桥》端进了她的《康桥遗梦》；她说她最喜欢读《红楼梦》，全书从头到尾认认真真读过三遍，很多章节读了无数遍，你去看看她的《深情如你》就知道了；《荷兰的故事》里有九个故事，给我印象最深的是她拜读了《安妮日记》这本让人们永远难忘的好书；她可能很喜欢读希腊神话，所以她的《希腊神话二则》的感受与别人不一样；在她的《洛杉矶的汉庭顿》中她背出了《爱莲说》；在《毕特摩大山庄》里她讨论了《易经》；她在《松雪岭——访隐者不遇》中写到了容闳的《西学东渐记》；《邂逅亚特兰大》当然少不了会想起她自己读过的《飘》；没想到她对仓央嘉措的作品也特别感兴趣，因为她写了《谁是你心中的玛吉阿米》；她写自己家乡中国江西的古村《怀念千古第一村》时，谈起了徐霞客和《徐霞客游记》；她把英国田园诗人罗伯特·彭斯的诗歌写进了她的《最后的拼图》。还有很多，即使她在自己的文章中不点出自己曾经读过的书名及其作者，但你会知道这里有许多的传说故事、诗歌名句、情怀哲理都是来自于她喜欢并读过的“万卷书”。

当然，一般都是先读书，再去旅行；但，也有可能在旅行开始之后，还可以再接着读书。这谁知道呢？景到深处自然景，书到悟中再读书。晓丹的这本书，好处就在这里。我真想对我的那位朋友说：如果你想读书，在你选的书中别忘了这一本《温莎堡的黄玫瑰》；如果你要去远游，那就带上这本散文集，说不定在你面对的名山大川、古物胜景之中，正好和这本书中的天、地、山、川、人、物，甚至书相遇，那不也是一件巧事、美事么？

是为序。

2016年岁末于中国江西南昌大学西无斋

# 目录

# 温莎堡的黄玫瑰

最早知道“温莎（Windsor）”这个地名，是因为莎士比亚的戏剧《温莎的风流娘儿们》。那时候知道，温莎是英国一个历史悠久的小镇，小镇上有一座古堡，距今已有一千年的历史。

征服者威廉第一次建造这座城堡的时候是1070年，那时，他不过是选择了一个地势较高之处，用土垒为主要材料，建造了一个防御外敌入侵的建筑物。随着历史的演变，经过几个朝代君王的不断改造，城堡变得越来越坚固，土垒已变成坚固的石墙，规模也不可同日而语。今天，这座中世纪的古老建筑，不仅是世界上最大最古老仍有人居住的城堡，而且早已成为象征英国皇家权威的王室城堡。现今的英国女王伊丽莎白二世还经常来这里度过周末和假期。这座浓缩了近千年英国历史的古城堡，若不是亲眼看见，你无法想象它的宏伟壮观！



在这里，我不仅对千年古建筑的恢宏气势感到震撼，更被这些古老建筑物所蕴含的生动的人文气息深深打动。不论是在富丽堂皇的宫殿，还是在宏伟典雅的圣乔治大教堂，抑或是圆塔脚下的皇家花园，流连在城堡的每一个角落，你都能看到历史的演变，看到文化的传承，看到精美的艺术闪耀着上帝之爱的光芒，看到人性中的温情弥漫在无所不在的空气当中……

又想起莎士比亚著名的喜剧《温莎的风流娘儿们》，当年就是在温莎古堡的宴会厅里举行首演，获得极大成功。这出戏写的是没落贵族和平民的故事，体现的是莎士比亚一贯的追求美好爱情的思想。或许正是受这种精神的影响，多年后，温莎堡出了一个爱德华八世，这位高贵的王储青年在一次城堡举行的盛宴上，遇见了一位女子。她的美丽、风情深深打动了王储的心，他决定娶她为妻，却遭到皇室集体反对，因为这个女子是美国人，在王室眼里，她只是个平民，且离过两次婚。对于传统观念根深蒂固的英国皇家，王位继承人要娶这样的女子为妻是绝对不能接受的。爱德华八世在两难中终于决定放弃王位，娶了这位来自美国的平民女子辛普森夫人为妻。从此他的头衔不再是“爱德华八世”，而成了“温莎公爵”。

温莎古堡的最高点是一个巨型圆塔，围绕在圆塔脚下的是一座美丽的花园。八月的伦敦正是各种鲜花绽放的季节，花园里繁花正茂，绿树成荫，是个别样的梦幻世界，令人惊讶的是，这个园子里开得最多的竟是黄玫瑰！据说，黄玫瑰中间的这条青石小路，曾经是温莎公爵和夫人流连忘返的地方。

徜徉在这鲜花小径，观赏周围纷繁美景，我在想，当年这位爱德华八世两度向辛普森夫人求婚的时候，他是怎样的心情？当他的爱情遭到王室集体反对的时候，他又是落入何种心境？是充满爱恋的激情燃烧？是心愿无法实现的惆怅烦恼？是要王位还是要美人的焦虑挣扎？

从起初的爱恋，到终于能够相守，这期间有多少令人心碎的等待？

哦，等待！据说黄玫瑰的花语是等待！世界上的很多事情都会因为身份的不同，而产生不同的结果，唯有人类的情感，不会因为地位的高低而丧失其共通之处，无论是昔日王位的继承人，还是今日默默无闻的芸芸众生，很多时候，等待都是人们共同的命运！

温莎堡的黄玫瑰年年盛开，有人在遥远的天边依然等待。在这份悄无声息的等待中，历史穿越了千年……

2012年8月30日

# 爱语呢喃的宫殿

谈到英国作为国际性标志的建筑物，人们很容易就想到白金汉宫（Buckingham Palace）。这是当今世界上最为人们熟悉的建筑物之一。所不同的是，这座有着古老历史的宫殿不像卢浮宫、凡尔赛宫那样已成为博物馆，仅供游客们游览参观，白金汉宫至今仍是王室官邸。英国女王作为国家元首，也许周末的时候去温莎堡休闲度假，而工作日，这里却是女王履行职责、处理公务的地方。每年夏季，有两个月的时间，白金汉宫对公众开放，有幸预约者可以前往参观访问。今年八月，我有幸成为预约者之一。

每到一处，我就想知道这里的历史和人物，常常某一段过往的历史，真的会牵动我的心，某一个早已不存在的人物，让我产生共鸣，让我体会生命的共通之处。

了解白金汉宫的历史，让我对维多利亚女王和她的丈夫阿尔伯特亲王有了特别的关注。

白金汉宫已有将近两百年的历史，最早期它被称为“王后之宫”，是国王乔治三世授予夏洛特王后的寝宫。以后历代君王也将它作为家庭居住的宫殿，并不断加以装饰和扩建。

到了维多利亚女王执政的时代，女王离开了童年时期的家园肯辛顿宫，搬进白金汉宫，不但把这里当作居所，也把它作为办公所在地，维多利亚女王成为第一个在白金汉宫执政的君主。

这位18岁就登上王位的女子，很长时间都没有摆脱少女的喜好。在她执政的前十几年里，她一直热衷于跳舞，舞会常常持续到深夜。喜欢跳舞的女子都有一个最好的舞伴，女王最好的舞伴自然是洒脱英俊的阿尔伯特亲王。当时舞会是在刚竣工不久的国事厅里举行，地方有限，连旁边的王座厅、画廊和蓝色会见厅都拥满了宾客，女王决定在白金汉宫南侧增建一个新舞厅。华美、绚丽的新舞厅建成了，世界各地的首脑、权贵都怀着仰慕之心来此参加女王举行的盛会。就这样，花了近20年的时间，女王把白金汉宫改建成一个金碧辉煌、充满活力的国际交际场所。

维多利亚女王执政64年，她是英国历史上在位时间最长的国王。而她的故事中，最牵动我心的还是她与阿尔伯特亲王之间鸿雁传书、爱语呢喃的故事。



维多利亚女王登基后不久，就与这位德国王子阿尔伯特双双坠入爱河，但他们的爱情遭到王室反对，原因是，英国王室对阿尔伯特的德国王子身份有所顾忌，怕英国的王权有一天会落入德国人手中。维多利亚女王是个有主见、有魄力的君主，她冲破种种阻力，在登基后的第三年与阿尔伯特亲王结成连理。事实证明，女王的选择是对的，不论在任何场合，俊美又有头脑的阿尔伯特亲王始终都扮演着女王最好的支持者角色，他是女王生命的支柱。

维多利亚女王贵为王族，却也摆脱不了普通女子遭遇的烦恼。她一生生育了八个儿女，每一次的生育，都使她陷入产后忧郁症当中，这时候的她情绪沮丧，不愿见人，常常落入极度的痛苦中不能自拔。阿尔伯特真是个聪明体贴的男人，每当这个时候，他就自动从女王面前消失，每天只写书信安慰女王的心。那些充满柔情蜜意的话语，像涓涓溪流，淌过因焦虑而干涸的心田，像缕缕清风，吹去因忧郁而烦躁不安的情绪。很多时候，阿尔伯特的心情也会陷入低谷，因为八次的重复，要有多大的毅力才能走完这条艰难的路！但他坚持下去了，他知道有些事情，内容是借着形式来完成的，他必须每天写，每天将他的爱传达给迷茫疑惑中的爱人！

对于一个陷在忧郁症中不可自拔的女人，持续不断的来自心爱的人话语的安慰，对她的精神起着多么大的鼓励作用！女王每天收到爱人的信，这些爱语成为她每天的良药。她也是一个文采极好的女子，在爱人的激励下，她开始用日记和回信的方式梳理着自己，表达着对心上人同样的爱恋和思念。

爱语的力量是惊人的！一次又一次，借着爱语的慰藉，女王从忧郁症中解脱出来。当一切恢复正常，阿尔伯特亲王才又重新回到女王的身边，俩人亲密相守，恩爱有加。维多利亚女王和阿尔伯特亲王为后人留下许多美丽的日记和书信，读来令人动容！

在白金汉宫里珍藏着一幅巨型油画，《1846年的王室一家》，是当时的著名肖像画家弗朗茨·克萨维尔·温特哈尔特的杰作，画的是女王夫妇和他们的前五个孩子。女王庄重贵气，融国君、妻子和母亲三重角色为一身，阿尔伯特亲王沉稳、威严，从他与长子对视的眼

白金汉宫里珍藏的巨型油画《1846年的王室一家》

神，隐隐约约透露出他的细腻和慈爱。

我在想，很多身居高位的女人，情感上常常是缺乏的，而维多利亚女王，真是何等幸运！男人们往往是粗糙、大意的，这给世上的女人带来多少困扰！无论哪个女人，如能遇上一个像阿尔伯特亲王那样，能够如此无微不至地体贴你的心意，关心你的需要，用不休止的爱帮助你超越自己的男人，她这一生还需要别的什么呢？这样的男人往往也会赢得女人爱他一生！

维多利亚女王爱了阿尔伯特一生，尽管在她40岁的时候亲王就因病离她而去，尽管她余下的生命又活了40多年，她却终身没有再嫁，她是在怀想和思念中度过以后的日子。在英国，很多地方都有维多利亚女王为纪念自己的亡夫而留下的遗迹，我在温莎堡就看见这样的一个纪念堂，是女王亲自为亲王建造的。随着亲王的早逝，白金汉宫的舞厅不再举行舞会，除了皇家音乐会还照常演出之外，一切娱乐活动都停止了，很长一段时间，女王伤痛的心无法痊愈，她选择了离开伤心之地，长期住在温莎、奥斯本或者别处，白金汉宫也随之陷入了很长一段时间的闲置。女王是在1901年82岁高龄的时候离开人世的，随着19世纪以及女王的执政接近结束，白金汉宫色彩鲜艳的内部装潢也在逐渐趋于黯淡。

不过，历史不会停留在某一点裹足不前，女王之后的爱德华七世和亚历山德拉王后又重新搬进白金汉宫，对室内陈设和装修进行了改善，中断了的宫廷生活重新得以恢复，白金汉宫焕发了昔日的荣光。以后的数年，宫殿在历代君主的手中被修饰得越来越金碧辉煌，它的华美壮观已经不可同日而语。

然而，流连在这座今天已经是无与伦比的宫殿大厅里，我却依然怀想着维多利亚女王时代的那个美轮美奂的舞厅，怀想着亲王如何牵着女王的手轻歌曼舞，怀想着历史上这座宫殿里曾经有过的令人神往的甜蜜爱情。

回顾历史的波涛，人们看见的往往只是一个粗略的轮廓，而我，却是何等有幸，因着你爱语呢喃的温情陪伴，我竟能在历史的波心中，深深领悟已逝的人心，和人心中那来自天上的永不消逝的美……

2012年9月4日

# 康桥遗梦

世界排名第一的剑桥大学坐落在伦敦以北的剑桥市（Cambridge），早年，我们叫它康桥。康桥，有时是指这座城市，有时是指这座大学，还有时，是指流经城市的那条河——康河上那一座座美丽的小石桥。

我喜欢康桥这个名字，是因为徐志摩的诗，《再别康桥》：

> 轻轻的我走了，正如我轻轻的来；
> 我轻轻的招手，作别西天的云彩。
> ……

当年这位性情诗人，这位才华横溢的中国青年，伫立在西人国土的康桥上，离别在即，仿佛是归心似箭，却又是往返流连。

了解徐志摩身世的人都知道，当年志摩在剑桥大学读书的时候，一直在疯狂地追求一名女子，这女子名叫林徽因。徽因最喜欢康河上的一座桥，志摩每天陪她在这座桥上或散步或伫立，他深情地对徽因说：“是你我融化在了这康河里，所以这康桥才这样美！”

是的，康桥这样美！八月的康河两岸，在我眼里，正是诗人所描写的景色：

那河畔的金柳，是夕阳中的新娘；
波光里的艳影，在我的心头荡漾。

当年的志摩，身处在康河的美景中，却被爱情的烈焰煎熬，以至于只想做河里的一条水草，在如虹般的清波里，沉淀一个美丽的梦。

软泥上的青荇，油油的在水底招摇；
在康河的柔波里，我甘心做一条水草！
那榆荫下的一潭，不是清泉，是天上虹；
揉碎在浮藻间，沉淀着彩虹似的梦。

可是志摩的咏叹最终没有打动徽因，徽因不久就回到国内，后来与梁启超的儿子梁思成结了婚。志摩得知徽因回国的消息，在剑桥一刻也待不下去了，他要回去追寻所爱之人的足迹，他想用他那颗炙热的爱心，打动对方的感情。

人间的爱情十有八九都不如意，有时候是一方追着另一方，另一方却别有所爱；有时候是两情相悦，却又面临种种阻拦；即便是心意相通，彼此相恋，待到相守的时候，又不能终其一生；也有终其一生的，可从什么时候起，以往醇香浓郁的爱情早已变得寡淡无味！哦，爱情！什么是完美的爱情？也许现实的世界里并不存在，只有在梦境里才可追寻！

寻梦？撑一支长篙，向青草更青处漫溯。
满载一船星辉，在星辉斑斓里放歌。
但我不能放歌，悄悄是别离的笙箫；
夏虫也为我沉默，沉默是今晚的康桥！

志摩终究是在沉默中怀想昔日的美好时光，在沉默中徘徊于即将离别的康桥，在沉默中悄然离去……

他不知道，后来的人为了寻找他和徽因的那座康桥，且费了许多的气力。有人说，是国王学院的拜伦桥，也有人说是离拜伦桥不远处的那座叹息桥，甚至旅行团的导游会拿着徐志摩的诗，带你穿梭在康河上那一座座充满灵性的桥间，煞有介事地指着某处对你讲解，这里是“河畔的金柳”，那里是“软泥上的青荇，在水底招摇”。



哦，康桥！康河上那么多座桥，究竟哪一座是志摩再别的康桥？没有人知道，也无须知道。世界上的许多事情都只明了在当事人的心中，或者那只是一个象征性的符号，代表着诗人一个未圆的梦！

志摩的一生，全心热烈地追寻着梦想，他的死竟也是如梦般绚丽壮阔，在一次意外的飞机事故中，他刹那间就化作了一缕青烟，一片云彩，一句空蒙中遥远的回音。他离开人世的时候年仅32岁。国王学院的拜伦桥边有一块石头，那是志摩的纪念碑，没有来龙去脉，有的只是那几个字。

悄悄的我走了，正如我悄悄的来；
我挥一挥衣袖，不带走一片云彩。

诗人走了，没有带走一片云彩，却留下了这首诗。那是生命里的一缕情思，一段如烟的往事，一个刻骨铭心的爱情梦想。他留给了这默然无语的康桥，留给了康桥上寻梦的后来者，抑或是留给了我，在多年后的今天，踯躅在这悄然的寂静里，疼惜诗人当年的情伤，凭吊他英年早逝的才华，想帮他寻回一段故事，一个在康桥上遗落多年的爱之梦……

**附录：**

**再别康桥**

徐志摩

轻轻的我走了，正如我轻轻的来；
我轻轻的招手，作别西天的云彩。
那河畔的金柳，是夕阳中的新娘；
波光里的艳影，在我的心头荡漾。
软泥上的青荇，油油的在水底招摇；
在康河的柔波里，我甘心做一条水草。
那榆荫下的一潭，不是清泉，是天上虹；
揉碎在浮藻间，沉淀着彩虹似的梦。
寻梦？撑一支长篙，向青草更青处漫溯；

满载一船星辉，在星辉斑斓里放歌。

但我不能放歌，悄悄是别离的笙箫；

夏虫也为我沉默，沉默是今晚的康桥！

悄悄的我走了，正如我悄悄的来；

我挥一挥衣袖，不带走一片云彩。

2012年9月6日

# 石头上的情缘

约克郡（Yorkshire）位于英格兰的东北部地区，是英国最古老的城市之一，2000年前由罗马人建造，后来又被北欧海盗占领过很长时间，直到征服者威廉来赶走北欧海盗，建立了英国，约克郡成为英国最早的城市之一。

这里有充满神秘气息的古堡，有风景秀丽的大庄园，有高耸入云、恢宏壮丽的哥特式大教堂，还有英格兰境内最长的中世纪古城墙，长达3400米，器宇轩昂，环城一周，向世人展示着凝重深沉的历史。同时，来到约克郡，你还能感受到现代旅游业的蓬勃生机，各种各样稀奇古怪的旅行方式，会让你大开眼界，产生从未有过的前卫激情！

仿佛穿越时空的隧道，“挖掘之旅”把你和历史连在了一起，你可以按照一定的路线，亲身参与考古体验，在模拟的考古研究场地，你可以尝试亲手挖掘出一座古罗马时代的堡垒，感受中世纪时期的艺术珍品破土而出的兴奋。



惊心动魄的“寻鬼之旅”，却把你带到历史上沉淀多年的传说和幽灵出没的诡异故事当中。据说，约克郡的幽灵数目很多，当太阳落下去，繁星升起来的时候，这些幽灵就会在皎洁的月光下出没，你可以沿着石子铺就的小路，到灯光迷离的酒吧，或是幽静无人的花园，抑或是怅然矗立的古城墙上，寻访这些幽灵，体味那种心惊肉跳的感觉。

据说有人在一条埋于地下15 英尺的隧道上方，看见过一支鬼部队，那些罗马士兵身穿紧身战服，头戴盔甲，骑着战马，从隧道里冲出来，从目击者恐怖的描述中，你不仅能听见隐约的冲锋号声，还能看见骑在战马上的无头骑士。哦，这是当年战争场景的再现吗？何等惊心动魄的厮杀！古代人们宣泄仇恨的唯一方式就是战争，今天的人们是否有更好的方式化解仇恨？

还有人遇见过一个灰衣女，这位女子经常出没在格鲁吉亚皇家剧院的一间包厢里，传说她是一位修女，当年和一位贵族青年坠入爱河，违反了教规，被终身监禁在这个没有窗户的房间里，当年的这个房间恰好就是今天皇家剧院包厢的一角。可怜的女子，你是来向世人昭明你的千年冤屈，还是想来寻回那段不了的情缘？

在国王花园的城墙之间，还经常游走着一位穿戴华丽的年轻妇女，人们说她是都铎王朝的凯瑟琳皇后，这位皇后是亨利八世的第六任妻子，成为皇后不久就被喜怒无常的亨利八世处决了。历史的悲情就刻在了这段城墙之间，成为人们千年唏嘘不已的话题。

我在想，假如我与这些幽灵不期而遇，我可能不会惊慌害怕，只在心里默默为他们祈祷，祈求全能者大施怜悯，超度他们脱离前世的恩恩怨怨，和那纠缠千年的爱恨情仇。

我最终还是选择了自己的旅行方式——古城墙漫步。在城墙上悠悠地走，闲闲地看，那些黄褐色的石头让你体会古罗马的建筑风格，也让你追思当年在这里发生的入侵与抵抗，你会感到历史和文化凝聚在城墙上的每一块石头里。英国实在是一个注重文化传统的国家，两千年的古迹竟然保存得如此完好，令人叹为观止！

我想起从前在南京的时候，小九华山附近也有一段古城墙，那是早已消逝了的城墙遗迹中仅存的一小段，闲的时候常常去，在衰草连天中体会历史的沧桑，发发文人思古忧今的感叹。然而，多年以后重归故里，那仅存的几片秦砖汉瓦早已无处寻觅，取而代之的是一些不堪一击的建筑，我仿佛看见一堆石灰与沙土的废墟！无视历史是可悲的，破坏历史简直可恨了。倘若陈子昂活到今天，是否会从另一个意义上发出他的悲叹："前不见古人，后不见来者，念天地之悠悠，独怆然而涕下！"

而我，作为一个小女子，无力对抗任何历史的不公，只有躲在小女子的情怀里，用上苍赐给我的一点点灵慧，去穿越时空的隧道，体验天地间那道由古至今从未改变过的风景线，冥冥中我知道，在某一个超越的世界里，每一块冰冷的石头，都深藏着扑朔迷离的亘古情缘。

约克郡的古城墙屹立千年，每一块石头都述说着变迁的历史，人心里是否也有一些东西可以逾越千年？历史就在另一个看不见的隧道里悠悠蔓延……

2012年9月14日

# 雨中寻访爱情圣地

从南边，经过爱汶河南岸那片叫作“菲尔登”的开阔田野，就进入了风景如画的英国小镇——斯特拉福，它被称作“世界七大爱情圣地”之一。其余六大爱情圣地：意大利维罗纳，捷克布拉格，德国科隆，葡萄牙奥比都斯，法国普罗旺斯，希腊雅典。

斯特拉福，是莎士比亚的出生地。莎士比亚，这位文艺复兴时期的伟大剧作家和诗人，一生创作了许多绝美的爱情故事，令后世人魂牵梦萦。人们把他的故乡称为“爱情圣地”，是因为这个古老小镇本身的浪漫魅力，还是因为莎翁作品中爱情的无比震撼力？



到达斯特拉福的时候，天正下着雨，雨点十分密急，小镇在烟雨朦胧间若隐若现，透出某种神秘。从停车场到访问者中心，几十步的路程，身上已被雨水淋湿。在访问者中心买了一件雨披，拿上地图，问明方向，就向亨利街走去。

莎翁的故居就在亨利街上。尽管经历了四百多年的风风雨雨，这个小镇依然保持着中世纪栅栏格式的街道、莎士比亚童年时住的老屋、老屋后院开着黄玫瑰的花园、他父亲的手套作坊、他儿时的玩伴理查德·霍恩比的家……这一切都在亨利街上保留完好。从亨利街往南，可以走到中世纪的石桥克洛泊顿桥，往西，经过爱德华六世的文法学校，以及当时专供旅行艺人表演的专业剧院伊丽莎白·杰尔德大厅，一直可以漫步到莎翁最后的安息地——圣三一教堂。

雨中行走在斯特拉福这个古老的小镇，你可以感受到这里的恬静和温馨，想象一下，当年的莎士比亚，在这个充满乡间情调又富有文化气息的美丽小镇上生活，对他日后的创作有着多大的影响？他的作品以描写人间最绝美的爱情而被后人膜拜，这与他当年在这个风光旖旎的小镇上的爱情生活，有着怎样的关联？

带着这样的好奇，我一路寻访着小镇上与莎士比亚有关的每一个景点，发现不少景点都有提到他与妻子安妮当年的爱情，在离莎翁故居不远处安妮的故居里，有一把椅子，被称为“求爱者的椅子”，据说当年安妮就是坐在这把椅子上接受莎士比亚的求爱。在爱汶河畔有一些供人休息的长椅，也被人描述成是诗人当年与安妮的浪漫场所。似乎旅游商家们在有意无意间向人们暗示， 莎士比亚与他妻子安妮之间的爱情正是他作品的缩影，仿佛希望人们相信诗人作品中无与伦比的爱情故事正是来源于他的实际爱情生活。我不能说这个思路完全不对，但如果我们更详细地了解一些情况，可能会从另一个角度思索这个问题。

莎士比亚18岁的时候娶了26岁的安妮为妻，那时他已使安妮怀孕，因此他们的婚礼不得不在匆忙中举行。我不知道一个少年人在当时的情况下，娶一个比自己大8岁的女子为妻，他心里是什么感受，也不知道这段婚姻到后来会是怎样演变的，当然他们一辈子没有离婚，那时的传统礼教是不提倡离婚的。不过，我们从莎士比亚的作品里也许可以看到一点他的真实念头。在戏剧《第十二夜》中，有一段奥斯诺公爵给一对男女的忠告，他对女子说：“女人应当捡一个比她年龄大些的男人，这样她才跟他合得来，不会失去她丈夫的欢心。”他又对男子说：“那么选一个年轻一点的姑娘做你的爱人吧，否则你的爱情便不能常青。”这是否是莎士比亚对自己的婚姻内心懊悔的流露？

然而爱情，在莎士比亚的描写中，却是充满纯美的浪漫天籁，让我们来看一看他写的这首描绘爱情的十四行诗吧！

我该把你比作夏天吗？
你比夏天更可爱，更温婉。
狂风会把五月的娇蕊吹落，
夏天出租的期限多么短暂。
有时天上的眼睛炙热如火，
他金色的面容又在瞬间阴暗；
一切美的事物总不免凋谢；
被机缘和自然的代谢摧残；
但你，永恒的夏天不会褪色；
不会失去你所拥有的美善；
死神也不能夸胜，说你在它阴影里徘徊；
当你在永恒的诗行里与时间并进；
凡有气息的人们呐；

你永存的魅力将赐给他们生命！

哦，诗人把爱情比作“永恒的夏天”，它不可战胜，有穿越死亡的能力，也有着与时间共长久的魔力！这在莎士比亚的悲剧中表现得更加明显，《罗密欧与朱丽叶》中的爱情故事充满美幻与悲壮，这样的纯粹，这样的完美，这样异乎寻常的动人，难道不是活在现实缺憾中的人们心所向往的吗？只是无法避免的是，这样的爱情总是以悲剧告终。

我始终相信，现实生活的缺憾和精神世界里对完美的追求永远是诗人创作的原动力，这两方面却又不能互为因果，到底是因为现实的缺憾使诗人只有在精神的领域中去追求完美，还是因为诗人天生就追求完美，因而现实对他来说永远是缺憾？

莎士比亚真实的爱情生活到底怎样，人们只能凭想象去猜测，然而他作品里仿佛天籁的爱情，历经数百年依然在人们心中荡气回肠，他又似乎在告诫人们，这样的爱情与现实是不能共存的。或许纯美的爱情在现实中本来就是很脆弱，它像情人眼里的一滴泪，还没来得及用一个水晶瓶子收集了珍藏，就落到现实的泥土上被无情地摔碎。多么希望有人对你说：

即便你已被摔成碎片
让我用血肉将你缝合
从此你如起初的玫瑰
开在我心里愈加完美

可那不过是诗人的想象，现实中即便有这个心，谁又有这个能力！

然而我知道，在另一度美善的空间，超越者的能力，却可以使破碎的心愈合，使沉沦的人得到拯救。那本圣书里的话充满慈声：“凡劳苦担重担的人到我这里来，我就叫他得安息！”

斯特拉福，你被称为“爱情圣地”，终是因为你孕育了一位情圣的弟子，他被人称为“爱汶河的甜蜜天鹅”。当我在雨过天晴的黄昏，来到爱汶河边，看着浮游在河面上悠闲恬静的天鹅，心被柔软的情愫牵动，感叹上苍赐给了莎士比亚怎样一支生花的笔，使他竟能把爱情描绘得那样美丽。可我心里知道，爱情圣地，它不在烟火人间，只能在于诗人的笔下，在爱者的心中，在至圣者那里！

2012年9月24日

# 魂断蓝桥情不了

泰晤士河在伦敦的闹市区中心地带，转了一个近乎90度的大弯，滑铁卢桥刚好就在那附近横跨河的南北两侧，成为观赏两岸绮丽风光的最佳视角。这座桥早在1817年就已建成，当年通车的时候，英国举国上下都在庆祝滑铁卢战役中威灵顿公爵大胜拿破仑两周年，因此这座桥取名为“滑铁卢桥”（Waterloo Bridge）。

其实，滑铁卢桥在泰晤士河上众多的石桥中，并不算是最特别的一座桥，让它一时间声名鹊起的原因，是美国电影Waterloo Bridge，中文译成《魂断蓝桥》。这是一部史诗般的战争爱情片，讲述一名军官邂逅了一位芭蕾舞演员，两人深情相爱，准备结婚。可是婚礼前夜，军官接到命令上了前线，芭蕾舞演员也因选择了结婚而被芭蕾舞团辞退。凄迷忧伤的故事由此开始。战争带来了失业、贫困和饥荒，报纸误登军官已战死疆场，痴情的女孩痛不欲生，为了帮助军官年迈的母亲，她无路可走，最后不得不沦为妓女。当战争结束，军官突然戏剧性地出现在眼前，这位无辜的女子为了维护军官家族的名誉，选择了结束自己的生命。泰晤士河上的这座桥，滑铁卢桥，终于成为她香消玉殒之所。

无独有偶，当《魂断蓝桥》因得到当年的奥斯卡金像奖而风靡世界之时，香港的邵氏电影公司宣称要拍一部东方的《魂断蓝桥》，这就是1962年获得香港电影金马奖的《不了情》，故事也大致雷同：一位美丽痴情的女子与一位富家少爷相爱，后来在战争中少爷家境中落，女子为了在经济上援助少爷，沦为歌女，结果还招致少爷误解，以死谢世。

值得一提的是，饰演痴情女子的演员是曾经获得四届“亚洲影后”称号的林黛，这在亚洲电影史上绝无仅有。林黛一生拍了36部电影，正当她在电影事业上如日中天的时候，她却自杀身亡，死的时候还不到30岁。这一事件给当时的香港社会带来极大震撼，甚至有一位她的影迷用同样的方法为她殉情而死！

人们不禁发出疑问，林黛，为什么要死？为什么？有人说电影界的后起新秀给她带来压力，有人说她跟丈夫感情出了问题，还有人说她是用这手段跟丈夫撒娇，她已经是第三次吞服安眠药了，前两次都是丈夫及时回家，将她送往医院抢救，这次她依然是算准了丈夫回来的时间，并在遗书上写道：“别送我到大医院，以防那些讨厌的记者。”可那次丈夫偏就没有照平常的时间回家。



林黛的丈夫是当年号称“云南王”的云南都督龙云的第五个儿子龙绳勋，他们俩在纽约相遇，一见钟情，回香港之后就缔结婚姻。应该说，两人感情是很深的，但身为阔少的龙公子难免沾染风花雪月的习气。这大概是心高气傲的林黛无法忍受的地方，他们常常为此发生摩擦。女人是最容易为情所困的，这些不快乐郁结在心头时间长了，就有可能想不开。然而，这个故事最令人感动之处，是林黛去世之后，龙公子终身没有再娶，龙公馆里从前林黛的房间，四十三年没有丝毫的改变，化妆品依然放在洗漱间的台子上，一双绣花鞋安静地待在床脚，直到2007年龙绳勋离开人世为止。四十三年，这位多情公子就是用这种方式表达他对爱妻的怀念！

当时的林黛的确是为情而死，可是，看起来龙公子并没有负情于她，她为什么决断如此，连一点余地都不留？我想，这大概要归罪于男女天生的性格差异，我们不妨在此探讨一下这个话题，或许对世间男女皆有益处。

当初上帝造女人的时候用的是男人身上的一根肋骨，所以女人总是像一枚骨质的雕饰那样细腻，灵慧。她缘出于男人，因此注定了离不开男人的关爱，一旦受到冷落，就会生出无限幽情怨怼，仿佛那件骨制品，在无人关注的静夜里闪着幽幽的蓝光。却偏生这世上真正懂得女心的男人实在不多，大概是因为上帝造男人的时候用的是泥土，所以男人总是像一个土制的瓦钵那样粗犷、笨拙。

一个注重细节，一个粗枝大叶，两人一旦相爱，都在寻求方式表达。女人的方式是缠绵悱恻，总有表达不尽的柔情蜜意，总希望依偎在男人的怀抱，片刻不离，一旦男人不在眼前，就生出很多不安全感。这样，自己的世界越来越小，小小的世界里别的东西也越来越少，只有他，成了世界里的全部，成了生命里的所有。而男人呢？爱上一个女人，也得到了这个女人的爱，他心里就安全了，他把这份爱放进了心里的一个抽屉里珍藏着，需要的时候打开一下，而其他的时间，他心里还有许多另外的抽屉需要打开，他该干什么还去干什么，和女人情意绵绵已经不是生命里最重要的事情。这样，矛盾就开始了，女人开始抱怨男人不在乎她了，男人开始辩解没有啊，我依然爱你。女人说拿出行动来啊？男人说你还要什么行动？渐渐的，女人心里生出许多伤感和埋怨，男人心里生出许多苦恼和无奈，久而久之，男人被抱怨得束手无策，只好躲避逃离，女人心里的积怨越来越深，最终不堪负荷。爱情呢？爱情还在，只是出路在哪？林黛，你是否就是这样为情而死？龙公子呢，是否是在爱妻死后才掂出这份情的重量？哦，这个深情的傻男人，早知有这么多年漫长的相思，为何不在女人还活着的时候对她更疼惜一点？世上最脆弱的东西莫过于陷入爱情的女人的心，如果这世上的男人能有多一点的体贴，大概也就不会有这么多的悲剧发生了！

我叹息林黛凄美的一生，又被这份凄美所震撼，这实在是一份“宁为玉碎，不为瓦全”的爱，一份在毁灭中完善的表达的爱！我也欣赏龙公子的人品，他用一生的寂寞完成了他对情深义重的表达！



唉，回头想想，人生又大可不必如此，男人，女人，彼此之间只要多一点了解彼此的差异，多一点宽容和体谅，事情就不会这么绝对了。女人，除了你的爱人，千万别丢开生命中的其他宝贝，情趣、爱好、友情，这些会让你的生命更丰富。男人，试着多懂一点那颗女心，常常用温柔的举动，甜蜜的爱语抚慰它，让它得到充分的满足。要知道，男人持续不断的爱的滋润，会使一个原本寡然无味的女子变得优雅、美丽、韵味无穷，而她性情中渐渐沉淀的柔情蜜意，终将化作点点滴滴的感恩报答，重新流回男人粗犷的血液中去，激励他、造就他。可是如果这女人遇到的是一位毫不开窍的男人，她便不得不将那颗女心隐藏起来，隐藏得久了，幽怨的情愫就随之产生。幽怨，之所以还能称作美，那是因为它在女人身上仍是一种凄艳的伤情。当有一天，女人静静的幽怨变作了怒气的发泄，生命里这份伤情便逐渐被一种粗蛮强悍的东西所代替，于是这世上就多了一种被称作“母夜叉”或“悍妇”的女人，那就真是令人痛心疾首了！生活中，像林黛和龙公子这样的故事毕竟少有，而被称作“母夜叉”或“悍妇”的女人，却比比皆是，男人啊，你们实在有推卸不掉的责任！

落日的黄昏，我站在滑铁卢桥上，目睹两岸喧嚣繁华的街景，凝望桥下平静流淌的河水，《魂断蓝桥》和《不了情》的电影剧情在眼前浮现，林黛和龙公子的真实故事在脑海中重演，心又被某种温柔的情愫牵动，尽管世事沧桑，可一切都会过去的，那位芭蕾舞演员去了哪里？那个沦为歌女的痴情女又去了哪里？林黛、龙绳勋，一代又一代痴男怨女，一桩又一桩前尘往事，都将在过眼烟云中消逝殆尽，只有这泰晤士河里的水还在平静地流淌，只有上苍赐给人心里那份逾越千年的爱情还在幽幽蔓延……

2013年10月4日

# 深情如你

关于女心，我还写过一篇文章，那是从《红楼梦》里来的奇想。

有一段时间，我把20世纪80年代拍摄的电视连续剧《红楼梦》找出来重看了一遍，虽然视觉效果依然很好，但感觉还是阅读文字过瘾，这又勾起了我重读原著的欲望。

从古到今的中国文学作品，曹雪芹的《红楼梦》是我的最爱，从头到尾一字不漏认认真真地阅读，我读过三遍。曹雪芹亲手写作的前八十回读过不止三遍，随性所致，随手翻阅的章回就不计其数了。有一段时间，《红楼梦》成了我每天的夜课，睡前读上一段，仿佛清音盘旋，余香缭绕。

知道自己之所以如此喜欢，有两个原因：第一，是因为作品展现了一个美妙奇幻的女子世界，这在别的文学作品中极其少见，这个世界里的女子都有一颗纯粹的女心；第二，作品还描写了一个对女心世界如此钟情，如此深爱，如此体贴，如此疼惜的男人，那个称女子为“水做的骨肉”的宝玉，这在古今中外的文学作品中更是罕见。而这两方面，恰恰吻合了我对这个世界的奇想，一颗纯美的女心，一个深爱女心的男子。

先来谈“女心”。这个词，我是从胡兰成的文字里借来，自己给它赋予了特别的意思。

什么是女心？那是一个女子从先天带来的灵慧气息和心肠，它看似无踪无形，却深藏在女子的秉性当中，女子的柔情、蜜意、良善、悲悯、聪慧、才气、活泼、灵巧，甚至感怀过敏、忧伤哀怜，全都由此而来，这一切构成了一个充满灵动、色彩万千的女子世界，这个世界带来的纯粹、美好是具有绝对震撼力的。然而，女心会失落，会沉睡，会被现实的世界剥夺，正因如此，呈现女心的生命时段是何等美好！

《红楼梦》正是这样一个女心世界的荟萃：黛玉的灵幻仙才，宝钗的端庄聪慧，湘云的憨纯可爱，妙玉的孤芳幽情，迎春的沉静悲思，探春的果敢高贵，惜春的心灵手巧，袭人的细腻可人，晴雯的烈性纯心，平儿的善解人意，香菱的堪怜诗情……这里的女子尽管性情各异，却都是那样楚楚动人，充满令人叹息的美！

了解了女心，你就知道了宝玉为什么那么独特。

常听人说：“这个男人对女人见一个爱一个，像贾宝玉！”这句话里对宝玉的贬低是我不能苟同的。宝玉虽然见一个爱一个，他爱的是那颗纯美的女心，因为他对女心有一份与生俱来的深切了解和同情，他对所有具备这颗女心的女子都有一份深情的珍重和疼惜。无论是对与他有着前缘今生的林妹妹，还是和她一直相敬如宾的宝姐姐，以及那个带发修行的孤清女子妙玉，或者是袭人、晴雯这些服侍他、守护他的女仆丫鬟，竟至那个只与他有过一面之缘的乡下纺织女二丫头，以及在刘姥姥信口胡诌的故事里那个大雪天从人家屋前抽柴取暖的小狐女，他都有一份尊重，一份怜爱，一份理解，一份心疼。他对这些女子的情，不是滥情，而是对所有女心的一种深情，一种向往，一种讴歌，一种赞美！

《红楼梦》中有很多滥情男子，贾珍、贾琏、薛蟠都是不同程度的滥情男子，现实世界里的滥情男子更是比比皆是，与他们那样猥亵、污浊、玩弄、霸占的兽情比起来，你不觉得宝玉的情，是何等干净磊落，超凡动人吗？

在所有与宝玉有情感纠葛的女子当中，宝玉最深情爱恋的人是黛玉，书中许许多多的细节都在写他俩人之间的情，是一种不可理喻，无从解释的情，又是至深至爱，无从取代的情，连作者自己都只能把它归结为前世的缘。

黛玉十岁左右来到贾府寄居，那时候宝玉也只有十一岁，两个孩子，两小无猜，整天一桌吃饭，一床睡觉，无拘无束，吵吵闹闹地长大。人世间，可以和一个人共享和分担所有成长的记忆，这份感情是别人无法取代的，这就是几年以后才到来的宝钗永远的遗憾。那时候他们已经长大，开始有了男女意识，行为规范开始受到约束，他和宝钗不再有两小无猜的机会，尽管宝钗也非常希望参与到这份亲密中去。作品中很多地方写到，每次宝玉和黛玉打打闹闹的时候，宝钗总会走来，也想介入，可是她一出现，每个人都变得正儿八经起来，一切都变了味，宝钗大概自己也明白，她和宝玉之间永远也不会有宝玉和黛玉那样的亲密，这是她心头抹不去的悲哀。

宝玉对黛玉的深情，还表现在他无微不至地在乎着、体贴着黛玉的一举一动，黛玉走多了路，他怕她累着；别人说错了话，他怕黛玉恼，为她担着心；黛玉吃过饭马上睡午觉，他怕她消化不好，挖空心思想出笑话来跟她混闹；黛玉伤心哭泣，他更是妹妹长、妹妹短地赔情求饶。宝玉是个大方的人，他腰上戴的各种东西，扇子、荷包、配饰、挂件，别人要，他都给，唯有林妹妹给他绣的荷包他怕人拿走，放在贴身处，小心翼翼地珍藏。 这个细节着实令人感动，一段情深到一个地步就是这样与众不同，所有的珍爱和疼惜都在里面。

黛玉呢，她也是深爱着宝玉。年轻时候不懂黛玉，觉得她太任性，太小心眼，现在却觉得她的美十分让人疼爱。她对宝玉的感情不掺任何杂质，流泪也好，生气也好，都是为情委屈，她的感情是“宁为玉碎”的感情啊，纯粹到一个叫人心痛的地步，对她来说，感情若不纯粹，她宁可全部毁掉！我以为这也是宝玉深爱她的原因，他深懂林妹妹的心。

宝玉和黛玉在一起似乎总有闹不完的别扭，这是感情至深的明证，闹别扭其实是一个不断证明感情的过程，这个过程其实也是带来甜蜜和幸福的过程，他们俩无论是在唠话的时候，任性的时候，开心的时候，伤痛的时候，都在体会彼此的心，也都在表明自己对对方的心迹。两人闹得最厉害的一次，宝玉终于对黛玉说，你不要老是怀疑这个，怀疑那个，“弱水三千，我只取一瓢饮”。这是宝玉讲出的一句最重的话，也是他心念最深的表达。按理，黛玉应该放心了，可是她就是没法放心，她依然时时为情所伤，似乎冥冥中她就知道，她的爱无法在现世里完成，而她本来也不是为着完成而来，她只是来还债，还一份前世欠下的情。

作品中写道，在前世，一株绛珠仙草，干渴致死，是神瑛侍者用甘露每天浇灌，使那棵仙草起死回生。后来神瑛侍者下凡投胎，成了衔玉而生的贾宝玉，仙草亦随之来到人间，变作了以泪还情的林黛玉。她来，是为了报恩，为了用一生的眼泪偿还浇灌的恩情。因着这样的前缘，他们俩中间注定了有着一种难以割舍的感情连接，这份连接，不会被现世的任何东西阻隔，却也不会在现世里得到成全，因为那本来就是一份不属于这个世界的仙缘。

因为不属于这个世界，所以也无法在现实的关系中找到方式来定格，这份情感是现世中的关系无法取代的，包括婚姻，婚姻也许是人世间的一个规则，可是里面不一定有像宝玉和黛玉那样完全的亲密，纯粹的深情。他们的情感最后没有结局是一个遗憾，然而，感情到了这个地步，它本身已经是一种完成。宝钗用了各种办法，终于嫁给了宝玉，得到了婚姻上的完成，可她的遗憾是，她永远没法取代宝玉心中的那个人。

此刻，我终于理解了曹雪芹的一个心念，他的整部《红楼梦》都在表达一种怀念，怀念纯美的女心，怀念深爱女心的男子。我一开始就说过，这也是我对这个世界的奇想。假若这个世界真还保存着这两方面的美，也不枉在这世上活过一生，因为深情如你，竟可以让女心在生命中绽放出如花的美丽，深情如你，亦能用全心的温柔与呵护去疼惜你生命中的最爱。如此来看，曹雪芹的梦幻并没有消泯，我的奇想也没有落空啊！

2013年11月18日

# 灵魂深处的表达

到达利物浦（Liverpool）的时候是傍晚时分，这座英格兰西北部的港口城市，正笼罩在蒙蒙细雨之中。我们下榻的酒店就在阿尔伯特港口（Albert Dock）对面，穿过雨中的街道，来到这座世界闻名的船坞码头悠悠漫步。心里有一种说不出的感动，为着眼前虽然朦胧却有迹可循的景物，也为着心里清晰可见却无影无踪的牵挂。知道自己的心，无论走到哪里，都有一份来自故土的情，萦萦绕绕，难以割舍。

绕着船坞旁边的建筑物走了一大圈，蓦然看见在一排红砖墙壁的中间，写着几个醒目的大字：The Beatles Story Exhibition。哦，这就是世界著名的披头士乐队（又称“甲壳虫乐队”）展览馆！在英国，甚至世界其他地方，都会听到有人问：“到底是英国皇家，还是披头士乐队，才是英国真正的标志？”披头士乐队被公认为是世界流行乐坛历史上最成功最伟大的乐团，据美国唱片业协会正式统计，他们的唱片全球销售量超过10亿张，为历史上最高。而这个乐团在1957年成立的时候，不过是四个在利物浦上高中的十几岁的男孩子。20世纪60年代，披头士乐团在全世界巡回演唱，获得空前绝后的成功，随后，他

作者的儿女在披头士乐队展览馆前留影

们的成功不仅在音乐上，同时也给西方社会文化变革方面带来深远的影响。“20世纪60年代”，这个标示着年代的数字，把我的思绪拉回到我日夜牵挂的那片土地。20世纪60年代，我带着毫无选择的无知与无奈呱呱坠地，而我的祖国却正在发生着一场灵魂深处的革命。这场革命虽然有始作俑者，但最早采取行动的正是那些十几二十岁的年轻人，他们丢开了传统道德礼教的约束，开始让灵魂自由奔放地表达，可表达的都是些什么？

回到眼前的披头士乐队展览馆所展现的另一个世界，也是20世纪60年代，也是一场灵魂深处的革命。

随着第二次世界大战的结束，西方社会面临着前所未有的危机，经济的低迷，失业人口的剧增，战争给人留下的心灵恐惧，这一切都令人焦虑不安，抑郁悲伤，甚至愤怒怨恨。当时的利物浦是二战的重灾区，这座城市曾经遭到80多次空袭，2500多人死亡，城里几乎一半的房屋受损，如今一切都有待复兴。城市建设的复兴还算容易，只要有目标，有人力，有资金就可以办到，可灵魂复兴的出路在哪里？

这时候，利物浦出现了四个男孩子，都只有十几二十岁，他们用音乐唱出了阳光与爱，唱出了生命的顽强，唱出了灵魂中对自由与和平的渴望。他们的摇滚充满激情奔放的魅力，充满青春向上的气息，这无疑是给当时萎靡不振的人们打了一针强心剂，人们在充满活力的音乐中清醒了，生命的能量复苏了。伴随着披头士乐队的音乐风靡西方世界，人们深深爱上了这一份灵魂深处的自由表达。虽然披头士乐队只在世界乐坛上活跃了十年，但全世界范围内，他们的歌迷在以后的日子里有增无减，他们的音乐超越了时空，超越了国界，在人们灵魂深处打下了永久的烙印。哦，灵魂深处的表达，不仅是这四个男孩子内心的表达，他们带领着全世界的年轻人用现代摇滚的方式表达着现代人的灵魂！

这四个男孩子，他们的名字分别叫作约翰·列侬（John Lennon）、保罗·麦卡特尼（Paul McCartney）、乔治·哈里森（Georg Harrison）和林戈·斯塔尔（Ringo Starr）。

同样是十几二十岁的年轻人，同样是灵魂深处的表达，为什么有这么大的不同？是我那遥远的时时令我牵挂的故土，哪里出了问题吗？

若顺着这个思路去寻找答案，我们一定会得出很多结论。但我却看到事情的另一面，在披头士乐队展览馆所展示的绚丽多姿的摇滚光环背后，却隐藏着为人们所忽略的罪恶与黑暗。20世纪60年代的西方世界，随着现代摇滚而来的是性泛滥和毒品泛滥，这四个出道时清纯有理想的年轻人随着名利的到来，也免不了沉沦在毒品和性的罪恶当中，他们最得力的经纪人就是吸毒过量而死，死时刚刚过30岁。四人中的主力约翰·列侬是被人枪杀的。在这个被七彩光芒环绕着的西方现代舞台上，同样有谋杀、吸毒和性泛滥的罪恶！

我终于明白，人性中的罪性并不分西方和东方，也不分中国和外国，20世纪60年代，我的同胞被人性中的某些恶占据了，而西方人性中的恶仍在悄悄滋长中。哦，善良的人们，总是认为“人之初，性本善”，其实全世界都沦落在罪中，唯有等待上帝最后的审判！

2012年10月21日

# 荷兰的故事

## 去看安妮

飞机抵达阿姆斯特丹的时候正是清早，乘火车到城中心的酒店放下行李，去街上找了一家早餐店，快速吃完早餐，拿着地图，就带孩子们直奔一个地方而去。天下着蒙蒙细雨，步行穿过几条街巷，赶到那个地方，离开门还有20分钟，而眼前排起的长龙真把人给吓住了：人们穿着厚厚的外套，裹着保暖的围巾和帽子，秩序井然地排着长队，那队伍拐了好几个街角，竟然看不见头！啊，你能猜到这是做什么吗？在阿姆斯特丹，什么地方具备了如此巨大的吸引力，让全世界的旅游者都来朝圣一样地参观？

原来是为一个女孩，一个叫安妮·弗兰克的犹太女子，她生于德国，在纳粹统治期间随父母举家逃往阿姆斯特丹，后来荷兰也被纳粹德国占领，他们一家不得不躲藏起来。在闹市区这座普通建筑物里，有一间“秘密小屋”，就是他们躲藏的地方，那时她才13岁。她每天写日记，对纳粹如何迫害犹太人有详细的记载，除此之外，日记里还充满了一个13岁少女对人生的梦想，青春的反叛，对爱情的朦胧追求。安妮一家四口和后来住进去的另外一家三口，以及一个单身者，共8个人，在那所房子里躲藏了25个月，终于还是被发现，关进了纳粹集中营。就在那个集中营被解放之前的一个月，安妮染上伤寒，死于非命。

安妮的父亲是他们家唯一的幸存者，他将安妮的文字整理成一本书，这就是经典名著《安妮日记》的由来，这本书成为20世纪全世界发行量最大的图书之一，安妮本人也成为纳粹时期最著名的犹太人受害者。1999年，她被评选为《时代杂志》“20世纪世界上最具影响力的100人”，一颗编号为5535的小行星也是以她的名字命名，叫作“5535安妮·弗兰克”。直到2004年，荷兰人选举“最伟大的荷兰人”，安妮还是排名第8位。

回想从资料上看到的安妮的一生，再看眼前这条寒冬里的长龙，我忽然明白了什么叫“不忘历史”。在一个真正不忘历史的地方，人们不会天天挂在嘴上说这句话，而是在每天的生活日程里拥有缅怀历史的机会。每一代人都在这些机会里了解历史，吸取教训，这样才不至于重蹈历史覆辙，文明的进程也就可以大踏步地向前推进了。

## 阴雨中的老城区

在欧洲许多国家的大城市里，都有一片保存完好的老城区，看上去虽然有些陈旧，街道路面也不宽敞，更不会有摩天大楼、环城高速，但这里每一栋建筑都有多年的历史，每一家小店都有几代传诵的故事，每一个街角的转弯处，都可能遇见一个不经意的传奇。到一个地方寻找文化的踪迹，这应该就是具体的体现了。

阿姆斯特丹的老城区，在连绵的阴雨中有些落寞的感觉，像一个饱经沧桑的老人，坐在明媚阳光的阴影里，给他的孙辈们讲述遥远年代的辉煌。17世纪的荷兰，是世界上最显赫的金融帝国，由于航海业的发达，全世界的财富都往这里倾涌，阿姆斯特丹的老城区，正是当年繁华一时的锦绣之地。这里的每一栋建筑至少都有三四百年的历史，街道格局也大部分保留着最早的样子，穿过城区的窄窄河道依然星罗棋布。很多来过阿姆斯特丹的人都喜欢这里，喜欢它的干净，它的安宁，喜欢每一种独具特色的建筑风格带来的遐想。或许有些人能讲出喜欢的理由，或许有些人讲不出，但心里的感受却是相通的。我想，在人类的原始梦想里都有一个原乡，这个带着美善烙印的原乡，

作者在荷兰拍照留念

常常会在生命的某个时刻疏忽闪现，或是一地，或是一景，或是一人，阿姆斯特丹，你又是谁的原乡？阴雨中的老城区，你又是谁梦里牵挂的地方……

## 木鞋与荷兰

在阿姆斯特丹的大街小巷，只要是卖旅游纪念品的商店，都会卖一种很奇怪的鞋子工艺品，有塑料的，有陶瓷的，甚至还有原始木料做成的，有些做的极为精致，有些却粗糙笨拙，不管怎样，那鞋子形状却都大同小异，底很厚，帮很高，很像旧年代的日本木屐，这在欧洲其他国家不大见到。

第一次看见满商店墙上挂着这种木屐，我就产生了好奇，心想这鞋子背后一定有什么惊天动地的故事，不然怎么几乎所有礼品商店都在卖？第二次看见不止一家商店门口还摆了这种放大数十倍的木屐，供旅游者拍照，借此招揽生意，我就十分想知道为什么了。

其实好奇害死人，最后在一本旅游指南书上找到答案，竟然如此平淡无奇！那书上说，荷兰地处低洼，加上阴雨绵绵，地上常常积水，早年人们就用木头做成这样厚底高帮的鞋子，穿在脚上，防水保暖。后来，荷兰人开河治水，修建大坝，加上城市地下水系统也建造完善，即使下雨路上也不再积水，人们就没有必要再穿这种笨拙的鞋子走路，于是这种鞋渐渐淘汰。但人们为了纪念早年岁月，就把这种鞋子做成工艺品世代相传，不断提醒后人牢记先辈的艰辛。

这个平淡无奇的答案，与我最早在好奇中产生的想象相差太远，这使我大为失望。可是后来越想，越觉得这事非同一般，每个民族都有自己独特的纪念历史的方式，一个连自己穿过的鞋子都念念不忘的民族，面对比鞋子更珍贵的文化遗产，难道不会更生出百倍的呵护之心吗？难怪阿姆斯特丹的街头会有13世纪遗留下来的教堂，有梵·高、伦勃朗的博物馆，还有安妮·弗兰克之家，后者是用来记住耻辱的。

## 两千年的古城马斯里

今天去的这个城市叫马斯里（Masstricht），位于荷兰最南端，是这个国家最古老的城市，公元初年罗马帝国统治的时候为罗马人所建造，迄今已有2000年历史。去游览一个2000年历史的古城，你期待看到什么？

首先我看到一座2000年的石桥，这是荷兰最古老的石桥，也是当年罗马人建造。

然后我看见小方石块铺成的街道，整个城中心没有水泥地、柏油路，全是这样的小石街，我盯着街面仔细看，居然没有发现一块破裂或松动的石块，原来，如果这样的情况一被发现，马上就会按原样修补完善，多少年过去了，这个城市也被战争洗涤过，但小石块的街道却从没改变过模样。

接着我看见路上汽车很少，多的是旅游大巴，再就是骑自行车的本地人和步行游览的外地游客。相信吗？这个才11万人口的小城，每年接待的游客竟是平均1000万！那随处可见的自行车，让我想起我生长的故乡，从前人们也是这样骑自行车外出的，如今却被大大小小的汽车取代了。

最后我看见了什么？那是上千年的古城墙！它居然与居民的房子连在一起，这些居民为什么没嫌它破旧难看而把它推倒重建新居？我看到的情形是，这里人不但没有摧毁它，反而在维修保护，该补的补，该加固的加固，只照原来的样子。

荷兰是个天主教国家，这个城里的天主教堂也数不胜数，这些中世纪遗留下来的文化遗产，经过七八百年依然完好如初，这要花费每一代人多少的精力与金钱！然而这些文化产物给后人留下多么宝贵的精神食粮，这绝不是金钱可以计算的。

最有趣的是看见一个700年前的水车，别以为是在博物馆里展示的模型，它至今仍在运作。这是一家私人面包坊，屋外的水车带动屋里的磨坊，麦子就是这样碾碎的。这不是中世纪的劳动方式吗？是啊！我小时候居住的地方都还有靠人力踩动的水车，才几十年的工夫，现在大概早已绝迹了，因为进入现代化了呀！而这个水车历经了700年，被家庭传承一代代传下来，吃着这个面包坊做出来的糕点，你会想到什么？

这里还有一家世界著名的书店，因为建筑物是一所中世纪的教堂。近年来因为网络的发达，纸质书销路大受影响，这家书店一度宣告破产。去年，有人重聚资金，恢复书店运作，实在是不忍心这个独具特色的书店就此消失了！

看了这么多马斯里的古代遗迹，别以为2000年的古城是陈旧落后的代名词，这里有发达的金融业，各种时尚的精品屋，光是各种各样的鞋店就有80多个。想想“1000万”这个数字，每年来这里的1000万游客，会给这个只有5万人口的古城带来多少财富！可见，对金钱财富的追求，或者说得好听点，对现代化的追求，是不必非以摧毁古老文明为代价的。

## 水与荷兰

有一件事可能你还不太清楚，荷兰是一个海边水国，外面是海水，里面是河水，整个国家都是建立在水上，那些几百年的老建筑，最早都是用木桩子打进十几米深的沼泽里建造起来的，木头在水里没有空气氧化不容易朽坏。近代以来，为了更好地保护古老的文化遗产，荷兰人在维修那些古老建筑的过程中，才慢慢把水里的木地基换成了石头。而纵横交错的水田更是荷兰地貌的一大特点。

水与荷兰，按当地人的说法，好像丈夫与妻子，两人一天也分不开，却又天天在打仗。荷兰人一千年的历史就是与水打仗的历史。

早在11世纪，这片土地就有人居住，那时候河水比海水高，人们要把地面高出的水，排到海里去，才能居住生存。随着人口的增多，河水不断外排，地就开始下陷，在好几个世纪以前，荷兰的地面水就已经比海水低了，涨潮的时候海水就倒灌。为了将多余的水排进海里，早在12世纪，荷兰人就发明了风车。

风车的原理，就是借助风力，带动轴轮，靠轴轮的力量将水送到高处，然后从沟渠里排走。荷兰最不缺的就是风，一年365天大概只有三四天没有风，这使得风车在全国非常普遍。在电力发明以前，荷兰有一万多座风车。（如今除散落在全国各地的风车遗址外，阿姆斯特丹郊区的小坝村集中保留了19座风车遗址，供游客观光）但风车的功能毕竟有限，它最多只能把水抽到两米高，这在平时情况下是可以应付的，但遇到大的海啸或飓风，就完全不管用了。人类发明电力之后，荷兰人也零星造了不少靠电力发动的水坝，但因为规模有限，海水倒灌造成人财损失的灾难还时有发生。

最近一次是1953年，飓风将海水大面积倒灌，洪水夺去了一千多人的生命，以及无数牲畜。这一次，荷兰人民下定了决心，发誓这样的事情永远不能再发生。他们提出一项Delta计划，准备大规模的缩短海岸线，建造一系列拦海大坝。经过30年的持续努力，大坝终于建成。我去参观了他们建的最后一个拦海大坝，其规模之宏伟浩大，令人震撼。然而，令我更加震撼的，是另外一件事情。

当初在Delta计划提出之时，全国都卷入讨论中，有一派意见认为拦海大坝将海水阻拦，荷兰境内的生态在不久的将来会受到极大破坏，不应该造大坝。另一派则认为，大坝究竟对环境有怎样的影响，谁也不知道，而目前最重要的是保护人的生命。第三派意见认为最好是既要阻拦海水，又不影响生态，这当然是最理想的计划，但这样做花费的成本比最初要高出许多倍。



就在各种意见相持不下的时候，有人出示了一张鸟的照片，这是一种候鸟，每年夏天飞到荷兰境内，吃一种随着海水倒流进来的小鱼，如果大坝将海水拦死，小鱼不能进来，这种候鸟也将在荷兰境内不复存在。这张照片激起了神奇的效果，仿佛每个人的心都被这只鸟触动了，人们竟然达成协议，要造出一种拦海大坝，平常可以让海水像从前一样流进来，需要的时候才把闸门关上，阻止海水倒流，这样的成本当然是要高出许多倍，然而，为了这只鸟，荷兰人民选择了付出高昂的代价。这不是一个只有高大上的词汇就能选择的决定，做出这个决定的人需要有一颗多么柔软的心！

如今，Delta拦海工程已经全部完成，它已成为荷兰人民的骄傲。漫长的30年，荷兰人没有把精力和时间浪费在无谓的事情上，比如，他们不与天斗，不造假神，因为知道上帝的主权，人胜不了天；他们也不与人斗，不搞阶级斗争，只是齐心协力，创造更美的家园；要说斗的话，他们只与水斗，其实也不是斗，是顺性的治理，像丈夫与妻子，相依相存，又彼此磨合，以至于短短的30年，水与荷兰的关系变得如此融洽，人们到这里来看见美丽的水城，于是也看见了建设水城的勤劳智慧的荷兰人，就像人们看见一位温柔贤淑的优雅妇人，也会猜想他的男人一定聪明能干吧！

## 郁金香王国

荷兰有个世界著名的郁金香公园叫库肯霍夫，这座公园建于1954年，占地面积700多英亩，共种植了700万棵郁金香，品种多达100多种。

关于郁金香的故事，荷兰人家喻户晓，外人若不听说，大概也不会知道。史传荷兰人的郁金香最早是一位外交官从法国带回来的，他带回几颗郁金香的球根，种在自家花园里，阳春四月，那花开得及其美艳，邻居格外好奇，跑来询问，他也乐意分享，郁金香就传播出去了。荷兰是一个爱花的民族，更何况是这样一种在他们看来如此稀奇的花草，这种花到第二年就变了颜色，而再过一年，新变的颜色又不见了。现代植物学使人们了解到，花变颜色，又不是每代相传，那就是病毒或者细菌入侵造成的，它不会带到基因里。但那时的人不知道，他们看见郁金香老变颜色，就觉得神秘，谁都想拥有不同颜色的郁金香，谁都想培育出新品种，而这些新品种又可以换来极高的经济价值，当时真的有人肯出天价买一棵变了颜色的郁金香！

到了17世纪，郁金香在荷兰简直成了花神，人们把它变成一种期货在市场交易， 如果有人说他 “将” 培养出一种黑色的郁金香，马上有人会出高价向他购买，当然，买下的是几页文件纸张，他买去之后，又会有人出更高价从他这里买走这株并不存在的郁金香。真是不可思议，荷兰人一向是一个理性的民族，为什么对郁金香竟是如此疯狂？有人变卖房屋，就为买一个据称是名贵新品种的球苞，还有人花了天价买回一个球苞，却被家里的女佣当作洋葱切成几瓣！那时候，只有教会里的牧师会教导会众，远离贪心，远离魔鬼撒旦的诱惑，除此之外，整个社会都处在对郁金香的癫狂热爱状态当中。也因为如此，郁金香的新品种还真的是层出不穷。当然，这样的交易市场最后肯定是以全盘崩溃告终，很多人倾家荡产，一无所有，只好跳海身亡。这真是悲剧中的悲剧啊！



多少年之后，这一悲剧写进了世界金融投资的历史书里，专家用荷兰郁金香的故事，告诉人们不要陷入投资疯狂。不过，人类对吸取历史教训似乎并不那么热衷，同样的悲剧每一代都以不同的投资形式上演，于是人们痛恨股票，痛恨投资，痛恨资本主义。但在荷兰，经历了这一番癫狂之后，人们并没有把怨气发在郁金香的身上，反而把郁金香尊为国花，这株原本生在土耳其和中国深山里的野花，终于在这片土地上找到了自己的归宿。

而我们，从郁金香的故事里，又可以学到什么？

## 再访“秘密小屋”

我的眼前摊开着《安妮日记》，一页一页往下读，内心的感受难以言表。一个只有13岁，含苞待放的花季少女，却不得不随家人一起，躲在不见天日的“秘密小屋”里，长达两年之久，没有别的原因，就因为他们是犹太人！人类的罪恶再莫过于此了，安妮日记里的每一个字，都是对此恶行的控诉！然而，这个还未成年的女孩子，却是用她对人类深怀的悲悯写下这一篇篇日记的。

安妮日记从1942年6月14日开始，到1944年8月1日戛然而止，因为8月3日，纳粹警察突袭了“秘密小屋”，躲在小屋里的8个人全都被逮捕，送往关押犹太人的集中营，那时候战争已经接近尾声，盟军开始大规模反击，纳粹德国节节败退，但他们仍然在做垂死挣扎。就在集中营被解放的前一个月，安妮死了。小屋里的8个人，除安妮的父亲之外，无一幸存：安妮的母亲在奥斯威辛集中营绝食而死；小屋里的另一家，达恩先生被送进了毒气室；达恩太太被关进集中营以后不久就死了；他们的儿子，安妮的小恋人，17岁的皮特下落不明，多年后有人证实他是在纳粹摧残年轻人的“死亡行军”中丧生的；小屋里还有一位牙医杜赛尔先生，被送往德国，死在诺因加默集中营；而安妮和她的姐姐，死于集中营里流传的伤寒症。这是我在“秘密小屋”里获知的信息，参观“秘密小屋”的全过程，我的眼里一直含满泪水。

“秘密小屋”，坐落在阿姆斯特丹王子运河边，是一栋好几层楼的普通建筑，当年，这栋建筑归安妮的父亲所管理的一家荷兰食品加工公司拥有，底层是库房，二楼是办公室，三楼是会议厅，会议厅里有一个书架，挡着一扇隐秘的门，这门背后有一个陡峭狭窄的楼梯，就是通向“秘密小屋”的。

到达阿姆斯特丹的第一天，我们就带孩子们去看“秘密小屋”，却被排在寒雨中转过几个街角的长龙吓住了，被告知要排两三个小时的队才能进去，看孩子们衣着单薄，我们只好作罢。离开阿姆斯特丹的最后一天，我们又去了 “秘密小屋”，依然是看不到头的长龙，但这一次，我们通过游船公司，每人花了比门票高四倍的价钱，终于不需要排队就进去了。

走上那个陡峭狭窄的楼梯，你会看见安妮日记里描绘的每一个场景：8个人轮流使用的卫生间；削土豆、洗草莓的袖珍厨房；安妮那张用躺椅搭成的小卧床；可以望见外面鸟儿飞翔和飞机轰炸的小天窗；皮特的小阁楼，也是安妮在躲藏的日子里最喜欢去的地方……所有这一切让你不堪想象，你无法相信这8个人，在这样一个小小的空间里躲藏了两年之久，一分钟也没有离开过！

如果没有外界的帮助者，这是无法做到的事情。有四个安妮父亲的同事和下属，在两年里从不间断地帮助他们。要知道，窝藏犹太人被纳粹发现是要砍头的，但正义和良心给了这四位好朋友信心和勇气，他们义无反顾地提供着帮助，直到最后有人告密，四个人都被抓，好在那时战争快结束了，被抓的人最后都安然无恙。至于告密者，至今仍不知晓，有人怀疑是库房里干活的工人。

而最让我痛心的是安妮，这个心地善良，有着独立超群的思想，又具备如此卓越的写作才华的女孩，刚过完15岁生日不久就离开了人世，她死以后不到一个月，纳粹就投降了，集中营就解放了，被关押的犹太人就重获自由了。安妮，如果你能等到那一天，你就能扑进夏天的怀抱，呼吸新鲜的空气，置身在花的海洋里，倾听鸟儿尽情地歌唱，还能重新背上书包，和你的朋友们一起去上学，这不都是你日记里反复表达过的心愿吗？哦，就这一个月，你却没有等到……写到这里，我又一次泪流满面。

安妮在日记里写道："终有一天，这场可怕的战争会结束，那个时刻即将到来，我们这些人将重新成为人，而不仅仅是犹太人！"

她又写道："我知道我要什么，我有我的目标，我的观点，我的信仰和爱。""我要活下去，永远活在人们心中！"

安妮和她的日记一起永远活在了人们的心中，如今，"秘密小屋"变成了"安妮·弗兰克之家"，每年有上百万人来此参观；她的书被翻译成几十种文字，在全世界发行几千万册，成为20世纪对世界影响最大的书籍之一。我在展览橱窗里，看见一本民国时期的中译本——《少女日记》，译者是彭思衍，由淡江书局印行。我又在纪念品商店里，买了两本2011年由北京燕山出版社出版的《安妮日记》，译者是李文雅、张霖源。20世纪50年代，《安妮·弗兰克的日记》还被改编成话剧，在全世界许多国家上演，当这个剧目于1956年10月1日，在四个德语国家的七大城市同时上演时，带来空前轰动，这也是有史以来第一次，德国民众为他们在二战中对犹太人的所作所为，感到深深的愧疚。人们逐渐明白，纪念安妮，就是纪念所有被迫害的犹太人，就是提醒人类牢记历史的教训，让悲剧不再重演。



然而，这样的悲剧真的不会再重演吗？离开"安妮·弗兰克之家”的时候，我12岁的小女儿在留言簿上写下了这样一段话：“令我感到悲哀的是，战争、无数生命的丧失，并没有改变一个事实，人们依然在彼此轻视，种族歧视、信仰歧视、性别歧视、性取向歧视等等，像是当年对犹太人的清洗运动至今仍在继续，但没有人意识到这一点。这样的事情还可能再发生，这一念头纠缠着我。”

女儿的话在我心里产生更大震撼，她一个孩子，有些想法有她自己的稚嫩和偏颇，但她说得不错，看今天的世界，各种歧视依然存在，文明之冲突导致的战争时有发生，ISIS组织还在滥杀无辜……这一切都在表明，悲剧有可能重演。然而，这世上仍然有善良正直的力量，抵挡邪恶的蔓延。我的女儿，一个12岁的孩子，已经有了忧患意识和悲悯情怀，已经开始对人类事物加以关注和思考，这不正是希望所在吗？安妮·弗兰克之家也正承担着一个使命：致力于世界的教育事业——反对种族歧视，加深世界各地年轻人之间的了解，他们特别设立了一个国际青少年中心，作为各国青少年交流的场所，常会举办一些有关国际问题的讲座和讨论会，但愿这些努力都不会白费。

在“秘密小屋”里写成的“安妮日记”被完好地保存了下来，正如恩斯特·施纳贝尔所言：“她的声音被保存下来，这是几百万沉默者中的一声呐喊，虽然这个呐喊声是那么的微弱……但他比杀人者的嚎叫声更持久，比这个时代中所有的声音更响亮！”恩斯特先生是一位德国作家，他在1958年出版了《安妮·弗兰——勇士的肖像》一书，补充了安妮最后几个月在集中营的生活状况。

## 灵魂的拷问

写完安妮·弗兰克的故事，我心里似乎还有话要说。在整个过程中，安妮的父亲奥托·弗兰克是一个不可忽略的人物。从安妮的日记里，你可以看出，弗兰克先生是一位性情高贵的人，当初那间“秘密小屋”在他管理的公司楼上，他一家四口住进去已经很局促了，但他抱着“多救一人是一人”的心愿，邀请了另一家犹太人与他们共享空间，后来在外面风声更紧，纳粹对犹太人迫害更厉害的时候，他又决定腾出空间来救助一位犹太人牙医。8个人在那样一个狭窄的空间里生活两年之久，难免产生矛盾，每次都是弗兰克先生谦卑忍让，用他平和智慧的心调解矛盾。弗兰克先生又是一位对各样知识和学问都充满激情的人，是他鼓励安妮广泛阅读，勤于思考，敢于表达自己的观点，安妮用来写日记的那个本子，也是她父亲在她13岁生日的时候送给她的。

战争结束之后，弗兰克先生是他们家唯一的幸存者，当他辗转回到阿姆斯特丹的时候，曾经帮助他躲藏在秘密小屋里的朋友，将安妮的日记本和其他一些手稿交给了他，这些手稿都是他的朋友们在他们被捕之后，从秘密小屋地上的旧纸堆里找到并保存起来的。弗兰克先生的内心产生极大震荡，他在极度痛苦中向上帝发出求问：“为什么是我，而不是家里的其他人活下来？”这样的疑问，使他内心产生巨大愧疚。当时，愧疚心理在犹太人的幸存者中普遍存在，他们为死去的亲人痛苦，为自己的幸存愧疚，很多人一直都活在这样的阴影当中。

弗兰克先生经过很长一段时间的灵魂拷问，终于决定走出生命的阴影，去做力所能及的有意义的事情。他把安妮日记抄录下来，在亲友中传看，最后决定拿去发表，他联系了好几家出版社，都遭到拒绝，原因是，战争刚结束，人们都害怕回顾，潜意识里想用“向前看”的思想，将那份惨痛经历尽早忘记。而弗兰克先生认为那是错的，人心只有敢于面对惨痛的教训，才能变得强大，而邪恶，也只有在强大人心的抵制之下，才不能重新抬头。他继续不遗余力地奔走，终于，阿姆斯特丹一家出版社用荷兰语发表了安妮日记，书名就叫《秘密小屋》。书出来后，很快就被翻译成德文，德国书商起初都不敢把书陈列在商店橱窗里，因为这毕竟是对自己国家所犯罪行的控诉！但这本书很快就在读者中产生巨大反响，接着又被翻译成法、英等几十种文字，甚至包括孟加拉语、斯洛文尼亚语和世界语。我在安妮·弗兰克之家的展示橱窗里，就看见韩文、日文和中文版的《安妮日记》也在各种译本中间。



我不得不对弗兰克先生充满敬意，他所做的努力，意义远大于只是出版了一本女儿的日记，他让一个在纳粹迫害下的微弱声音，不断回响在20世纪的天空，也许还会持续回响更长时间，而这微弱的声音，不断唤起人们对灵魂的拷问。在这样的不断拷问中，人们可以认清善恶，用上帝赐给人心灵的良知抵制这世界的邪恶。

我还要说的是，一个不断在上帝面前拷问自己灵魂的民族，是离救赎不远的民族，以色列民族无疑是这样的！历史上曾经多少次，以色列民族遭到大规模的迫害，他们流离失所，在地球上被人抛来抛去，像任人宰割的羊群。但世界上没有其他任何一个民族像它那样顽强，在巨大的灾难中仍然保持着民族的独一性，它的进取，它的卓越，它在全世界各个领域所涌现出来的优秀人物，无一不在提醒人们：这是一个神奇的民族！有人说，这个世界少了以色列，人类历史将会重写。

是的，这个民族有他自己内在的信心，它相信自己民族是神的选民，每个世代里，都有先知起来，不断地告诫自己的人民，不要忘记上帝选民的身份，不要做背离上帝法则的事情，并提醒人们：民族的苦难，是因为背离上帝得到的惩戒，要在苦难中吸取教训，重新遵行上帝的法则。这样的灵魂拷问，激励着一代又一代以色列人寻求上帝，每一次的回转，上帝也都以加倍的恩典回应。可是，2000年前，当弥赛亚耶稣来到人世的时候，他首先把有关上帝的福音带给以色列人， 但这一次，以色列人又背离上帝，拒绝了救世主，他们把耶稣钉上了十字架，这之后，他们所经历的一系列苦难，包括二战时期被纳粹杀戮，是否是为此罪行付上的惨重代价！

## 荷兰趣闻

关于荷兰，还有最后几件有趣的事让我告诉你。

美国的New York（新约克，又名纽约）曾经叫作New Amsterdam（新阿姆斯特丹），因为那里最早是荷兰的殖民地，直到17世纪英国人赶走了荷兰人，占领了那个城市，才把原来的名字新阿姆斯特丹改成新约克，约克郡至今仍是英国一个古城的名字。

荷兰人是欧洲人里身高排第一的人种。

荷兰是君主立宪的民主国家，至今保存着王室家族，可持续的一百二十三年来，荷兰一直是女王掌权。原因是，一百二十三年来王室家族头胎所生都是女儿，直到2013年才出了一个国王是男子。

在阿姆斯特丹，各种各样的餐馆比比皆是，但据说最有名的却是印度尼西亚餐馆，因为印度尼西亚曾经是荷兰的殖民地。

2015年4月27日

# 南加勒比航海日记

## Day 1（12/20）

2014年寒假，全家去加勒比海坐游轮，我们先乘飞机到美属领土波多黎各的圣胡安岛，花了一天时间去东部的热带雨林徒步，第二天就只在城区转悠，这也是一个颇有历史遗迹的古城。

圣胡安岛分新旧城区，旧城区已有好几百年历史，这里曾经在不同时期分别是葡萄牙、法国、英国的殖民地，现在属于美国。虽然是美国领土，但基本自治，也不需要向联邦政府缴税，老百姓靠旅游业收入，日子十分好过。

城里有许多老建筑虽然已是人去楼空，但市政府并没有推倒重建，而是作为历史遗迹保留下来。我们乘游览车经过的时候，导游司机会指着路边一栋房子告诉我们，这是16世纪的建筑，那是17世纪的建筑，光是那些年代，就足以让人肃然起敬！

圣胡安岛最迷人的遗迹要算是国家历史遗址：克里斯多博城堡，

是当年本土人为防范外来的海上入侵者而建的。这个城堡沿着海岸修建的城墙真可谓结实壮观，海上入侵者怕是很难攻破，搞不好反倒被全船抓获。

在克里斯多博的城堡下面，就有一个关押被俘的海上入侵者的监狱，那里面狭窄潮湿，只有一个极小的通风口，关在里面的犯人若长期得不到释放，精神和肉体都会受到极大的摧残，即使像我们这样的外来参观者，短暂地停留在这个阴暗闭塞的空间，也会让人感到极度不适。就在我想快快离开这个地狱般的空间时，我的眼睛突然被土墙上的两幅画吸引住了，那是手指甲在土墙上画出的两艘帆船，船身、桅杆、帆布都清晰可见，栩栩如生！呀，这是当年关押在这里的海上入侵者在监狱墙壁上的遗作，作画者是在怎样绝望的境地里画出这两

Holland America Line 海船

幅画的？或许他正做着白日梦吧，梦想着眼前突然出现一艘船，可以载自己脱离囚牢，回到日夜思念的家园！

400多年过去了，圣胡安岛上的人们把这座牢狱作为历史遗迹保留了下来，而土墙上的这两幅画也完好如初，他们认为这是真正的艺术品，是人类在绝望的处境中仍然会用艺术表达希望的明证！如今这两幅画是用特殊材料制成的镜框保护着，再过400年也会安然无恙吧？这是怎样一个热爱艺术的民族，有着怎样一颗热爱艺术的心！

## Day 2（12/21）

昨晚8点游轮驶出圣胡安（San Jung）港口，经过一夜海上航行，于今天上午7点多到达圣托马斯岛（St Thomas）。

这是全世界最繁忙的游船停泊港口，最多时候每天有8艘巨型游轮靠岸。岛上有加勒比海最繁华的购物中心。

这个岛也和圣胡安岛一样是美国管辖的领地，但又不是联邦的一个州，这就是说岛上的一切都是自主独立，也不需要向联邦政府交税，可一旦发生领土纠纷或外敌入侵，美国就有义务出面干预和保护。因为这里商品全部免税，且有许多时尚名牌商店，珠宝店也随处可见，所以当船只靠岸的时候，很多游客都喜欢上岸购物。

不过，相比起逛商店，对我们孩子来说，海滩的吸引力更大，我们租了一个敞篷旅游车，一直开到海滩，孩子们游泳、玩沙、看鱼、划小舢板，度过非常快乐的一天。

傍晚之前回到船上，正式的晚宴就开始了。

游轮上有规定，在船上的一周，有两个晚上是正式的晚宴，进入

作者的四个儿女

餐厅进餐时，必须穿上正式的礼服，短裤T恤拖鞋球鞋牛仔裤都是不合适的。

穿着晚礼服在烛光摇曳中进餐，那份感觉又不同，就连10岁小儿子也收敛了海滩上的放肆，在西装领带的装饰中变成一个彬彬有礼的小绅士。再看周围，无论男女老少，个个都衣着典雅，气质高贵，良好的自我感觉和由此而来的自信心溢于言表。

我忽然心念一动，谁说人的衣着不重要？人很多潜在意识的形成受衣着的影响是巨大的！比如在这样一个人人都正式着装的场合，一个人不小心穿着海滩的泳装出现，他一定会感到无地自容，哪怕他平常是个十分自信的人，此刻的他也一定自信全无。反过来，要羞辱一个很看重自己身份尊严的人，只要剥夺Ta正式着装的权利就可以了，不论是先生还是女士，也无论Ta有多么高贵的身份，多么优雅的言谈举止，对女士来说，只要砍掉她鞋子上的高跟，拿走她的一切装饰，将她的长裙变成裤衩，而对于先生，也只要将他笔挺的西装革履换成褴褛不堪的陈旧衣衫，让Ta不再有任何由衣着带来的身份地位上的优越感，保准不用多久，Ta就会从里到外变成另一个人，而他们的下一代也不再会有他们身上任何言谈举止上的气质遗传。

一个人的衣着可以给人带来身份上的认同，而一个人对自己身份的认同又会对行为举止产生巨大影响，所以千万不要小看让孩子有穿正装的机会，这是培养孩子文明教养很重要的一个步骤，让孩子从小认同自己是一个有尊严的人，最直接的方法就是让他首先在镜子里看见自己有尊严的形象，他自己就会选择相应的言行举止与这个形象相称。

望着宴会厅里每个人身上的华丽服饰，我却开始为我的民族曾经受到的创伤感慨悲哀，那个年代摧毁的岂止是衣着服装，是人类文化中的文明教养啊！衣服有钱就能买，与之相称的文明教养又如何买得来？我们曾经拥有的好东西毁于一旦是容易的，再重新建立又要经过多少年？

## Day 3（12/22）

圣基茨岛（St Kitts）是一个方圆168公里的小岛，最早是英国的殖民地，后来英国政府让它独立成为一个自主国家，被称作“Basseterre”。岛上盛产甘蔗，遍布热带雨林，海滩也很美。

孩子们这两天在海上还没玩够，今天游轮靠岸后，我们下去加入一个当地人的海上游船，船上向导带我们出海去潜水看鱼。这里的鱼比起夏威夷来相差太远，品种少，鱼的漂亮程度也远没有夏威夷的鱼好看，但在蓝天白云之下的苍茫大海上浮游一天，真是轻松舒适。

此刻我想，人真的不只是社会的人，当远离社会和人群，独自一人与大自然亲密相处的时候，哪怕只有片刻，人从中获得的愉悦和能量也是无与伦比的。

## Day 4（12/23）

今天，游轮开到圣马汀岛（St Maarten），这个小岛实在很小，只有96平方公里，开车2小时就能绕岛一周，可它却分别属于两个不同的国家，一边是法国领土，一边是荷兰领土，两国之间没有国防边境，没有海关总署，只在交界处有一个小小的不起眼的地界招牌，这个招牌形同虚设，完全不影响两国人民自由进出来往贸易。

由此想到，“国家”“国籍”对一个现代社会的公民来说真的有那么重要吗？“国家”这个概念的确立，虽然在西方资本主义发展的历史进程中起过相当的作用，由一个原始不规范的“部落”演变成一个有制度有法律的“国家”，这是人类现代化进程的开始。但随着全世界现代化的不断深入，人们在思想观念上越来越趋向于对普世价值的认同，在世界上很多地方，人们对“个人自由”的崇尚已经远远超越“个人必须牺牲自我利益而服务国家”的理念，越来越多的国家已脱离了“国家”这个概念的神圣性，而使之成为为国民服务的机构。在这样的国家，国家利益已经不再高于一切了，反而是个人的自由变得神圣不可侵犯。

小小圣马汀岛上的两个地界，虽然分属于两个不同国家管辖，但基本是独立自主的，两边和平相处，老百姓安居乐业，这样的情形延续了上百年。

这一天，我们在靠近码头的荷兰地界打发了大部分时光，这个海边小城景色迷人，有着活泼生动的加勒比风情，购物环境对旅游者来说也非常友好方便，整个城市给人欣欣向荣的感觉。据说这里也是买洋酒的最好所在，不用交税，价格比美国境内便宜很多，而且可以放心绝没有造假。

因为时间缘故，我们没有到法国地界，按加勒比海旅游指南书上说，两边还是有不同的，“旅游者经过两国地界的标志时，就能从路面的不同看出区别”。书上没有具体说明路面怎么不同，我也只好心存遗憾。指南书上对法国那边的描述也是令人向往的，“绅士化的氛围、时尚的购物、欧洲大陆化的色彩”。这些只好等下次有机会再来的时候前往领略了。好在明天游轮靠岸的地方就是一个法属岛国，去那里观光或许可以弥补今天的缺憾。

## Day 5（12/24）

今天到的这个国家叫“Martinique”，又名“法国的城堡”，是加勒比海东部最大的岛，属于法国领土。

游轮停泊的码头就在城中心附近。我们下了游轮，到城中心转了一圈，真是令人大失所望，狭窄的街道，陈旧的建筑，街上小商贩向行人兜售的不是各种各样五颜六色的旅游纪念品，而是一把带泥土的葱、一把刚从地里摘下来的菜。沿街看去，看不见大型超市、购物中心，倒是有一大片农贸市场，当地人在这里摆卖着自产的水果蔬菜。这个地方真不像是个旅游城，除了满地跑的汽车，其他方面都很像中国20世纪70年代的一个县城。我们在一家小杂货店遇见一位华人老板娘，向她打听哪里有好吃的餐馆，她说："这里哪有餐馆啊？最多有一些快餐小食店，买了就走人的。" 我疑惑了，一边是巨型游轮靠岸的码头，每天有成千近万的游客上岸，一边是偌大一个县城，有多少商机潜伏其中，年轻人有多少挣钱的机会，为什么这里的人居然无动于衷，如此安于贫穷？这太有点不可思议了！

岸上没什么好逛的，我们重新回到船上，与船上一位工作人员聊天才知道，原来法国政府给这个岛的居民很多救济，他们完全不用工作就有吃有喝，何必还要去辛苦创业呢？法国政府推行的是福利政策，高税收高福利，年收入超过100万的要缴75%的所得税，所以法国的富人都迁往比利时居住。而政府每年开支占国民总收入的55%，当然这些钱大部分用来作福利救济。法国在18世纪时是世界上最强大的国家，而如今的法国在世界上的地位越来越不重要，它的经济发展水平也远远不如它的盟友兼对头德国，其主要原因与它推行福利制度有很大关系。要知道，人有潜力和惰性两部分，在自由竞争的前提下，人的潜力很容易被挖掘出来，一旦有人供吃供穿，人就越养越懒，安于现状、不思上进就不足为奇了。很多人把生活的希望建立在政府的福利上，就像这座"法国的城堡"，却不知这样是把下一代的富裕和机会做了目前安逸生活的代价。现今的整个欧洲大陆都在朝这个方向走，法国算是走得最远的，而美国若是按照奥巴马的政策继续前行必定也是这样的结果。好在美国的制度可以随时调整，民主党行不通，民众就选择共和党，过惯了自主、创新、富裕、自由生活的美国人，要他去过被人供养却普遍贫穷的生活，他们大概是不会习惯的。

忽然想起昨天的那个岛，另一边的法国地界是否也是这种情况呢？再想想旅游指南书上的话，“绅士化的氛围、时尚的购物、欧洲大陆化的色彩”，其实是含混不清的，而这句“过了边界，看两边路面就能看出不同”，又是否是在暗示什么？旅游指南从不对任何地方作负面评价，这样含蓄的描述足以让亲自游览过两边的人心领神会了，不是吗？不过，我没有去法国领地，不敢说自己的猜测百分之百准确，据船上去过的游客说，还是荷兰这边更好。

不过，不以经济发展来衡量法国，而是看它从古到今的文化艺术传承，我个人认为法国仍然是世界上最棒的国家。

## Day 6（12/25）

今天是圣诞节，游轮停靠在B岛，这是一个独立国家，主要收入来源是旅游业。船上一位工作人员善意提醒我们，下船可能没什么好玩的，因为是圣诞节，很多商店都关门，说不定连出租车都很难叫。游轮要到傍晚才离开港口，在船上待一整天也不好玩，我们还是于中午时分下了船，走到码头上一看，那位工作人员说的完全不对，码头上出租车司机招揽生意的到处都是。我们上了一辆车，司机名叫胡列，这一路上，已经是我们遇见的第三个叫胡列的男子，他收我们每人4美元，就把我们拉到了当地著名的卡列斯海滩，并答应4点钟再准时来接我们回船上。这样的服务在昨天的法国岛上肯定是不会有的。

海滩上人很多，大半是我们这样的游客，花30美元就能租两把躺椅一把伞，享受日光浴一整天。还可以租船出海潜水、看鱼。我们花70美元给孩子们租了一辆海上摩托，有人驾驶着轮流带他们在海上快速行驶，看着都有点疯狂。

我却无意中在一家卖饮料的小食店发现了免费 WiFi，上网看看有什么新消息，正好看到蝴蝶妹妹发来的朗诵频道，她已将我朗读的《耶稣基督降生的故事》做成了视频，时间正好，赶紧转发，盼望朋友们在庆祝圣诞的日子了解和思考圣诞节的真实含义。我也感谢上帝，让我在这个特殊的日子里能和大家分享福音的信息：

你知道这几个为什么吗？你知道为什么现在是2014年吗？因为人类历史选定了一个年份来纪念一个小婴孩的降生，他的名字叫耶稣。耶稣诞生的那一年是公元元年，如果耶稣没有降生，我们现在的年份也许不叫2014年；如果耶稣没有降生，更不会有今天圣诞节的庆祝。圣诞节不是圣诞老人的节日，而是耶稣基督诞生的庆祝日。

你知道为什么在世界通用的公历上，四月份有一个星期五叫“受难日”吗？那是为了纪念耶稣在两千多年前的某一天，被钉死在十字架上。在当时的记载中，他的受难，令大地震动，日月失辉。

你知道这个“受难日”在英文中为什么叫“Good Friday”吗？因为耶稣的受难是绝望的人类获得救赎的开始，耶稣甘愿牺牲自己，为世上的罪人献了赎罪祭，从此我们这些原本在死亡和过犯中毫无希望的人，有了全新的盼望，他要将世人从罪恶当中解救出来，并指示他们一条永生之道，这难道不是大好的消息吗?

你知道为什么“受难日”之后的第一个星期日叫“复活节”吗?因为耶稣受难之后的第三日从死里复活，先后在众多人面前显现，有一次出现在五百多人面前。耶稣的复活在当时有无数的见证人，直到今天仍然是信仰他的人无法动摇的根基。

你知道为什么医院和红十字会都以“十字架”作为标记吗?不仅如此，女性喜欢把十字架作为美丽的项链挂在颈项上，她们说这样可以保平安。为什么原本罗马帝国的一项残暴屈辱的刑具，居然会变成爱与和平的象征?那是因为耶稣甘愿走上十字架，将他宽恕世人的大爱显现出来，从此，十字架这个屈辱的象征有了全新的含义。

《圣经·约翰福音》三章十六节说：“神爱世人，甚至将他的独生子赐给他们，叫一切信他的，不至灭亡，反得永生！”

很多人认为耶稣只是一个神话故事，然而，两千多年前，耶稣道成肉身，降世为人，在这个世界上真实的活过三十四年，却是千真万确的事实，如今他已升上神的宝座，派遣圣灵作为保惠师，住在我们心里，保守看顾神的儿女。耶稣是复活的主，是昔在今在永在的神！如果你相信，就请打开心门，让他走进你的心里，成为你一生的救主和最知心的朋友!

## Day 7（12/26）

今天一天，船不靠岸了，因为要在明天上午赶回圣胡安岛。船上的生活也是丰富多彩的，早上起来可以在甲板上走路或跑步，中速行走一圈大概5–7分钟；自助餐厅清早6点就开，一直到晚上9点；图书馆、健身房、游泳池、比萨饼小吃部24小时全天候；还有青少年俱乐部、儿童活动中心、成年人酒吧、国际象棋、扑克、篮球、乒乓球等等。今天也是船上购物的最好机会，所有免税商品诸如珠宝首饰皮包手表都在打折。游轮剧场每天晚上都有两场表演，露天乐队也一直持续到午夜时分。

我们乘坐的这艘游轮叫“Jewel of the sea”（“海上珠宝”），船是德国造的，船公司是美国公司，公司注册地却是在加勒比海上一个叫“Nassau”的岛国，所以船上挂的是这个岛国的国旗。船上乘客有3000名，分别来自42个不同国家，工作人员有900名，来自60个不同国家。船长是瑞典人，总工程师是意大利人，娱乐部主任是英国人，客房服务部总管是印度人，总厨师是西班牙人……这简直就是国际大融合的会所，这里所有的人没有国籍的分别，没有人种肤色的区别，只有服务人员和乘客两种身份。这又是在提醒人们什么呢？

一周航海旅行圆满结束，记下的是沿途所见所想，没写的是一家人相聚的点滴快乐，因为有后者做基础，前者才显得有意义，不是吗？

2014年12月26日

# 雪地金花

——维也纳之行散记

## 洗手间艺术

我喜欢唱歌，很早就有人介绍我参加达拉斯神州合唱团，直到2010年底，听说合唱团年初要去维也纳金色大厅参加元宵节演唱会，我才决定立马参加合唱团，也去金色大厅看看。演唱会终于能够成行，我们这一组一行14人从达拉斯出发，第一站前往巴黎。

法国给我们留下的第一深刻印象竟然是从戴高乐机场行李提取处的洗手间开始。

如果不是墙上有字，说明那是洗手间，你要以为那是某个艺术馆的入口，或者某个时装店的大门，都不为过。看女生洗手间，进门正中间是一面大玻璃镜子，镜子右边是一个模特儿衣架，挂着一条时髦的晚礼服，左边墙上是一幅芭蕾舞蹈演员的油画，这幅油画极其醒目，以至于人们对油画下面的洗手池居然要视而不见了。不论是礼

维也纳金色大厅演唱会

服、油画，还是整个房间的壁纸都是用粉色和粉紫色装饰而成，好一个妖娆亮丽的去处！洗手间真正发挥功用的地方却是隐在大镜子的后面，藏起来看不见了。

女生洗手间如此，男生洗手间想必一样有趣。我请随行的一位男士帮忙，拍下了男洗手间的照片。格局很相似，中间也是一面大镜子，右边的模特儿衣架上套着一件漂亮的西服，左边墙上那幅油画竟然是法国国王路易十四的肖像！和这幅肖像神态一模一样的另一幅油画在凡尔赛宫里珍藏着，那一幅可是金碧辉煌的颜色，展现着法国最鼎盛时期国王不可一世的骄傲和气派。而这间男生洗手间，整个色调是蓝色和蓝紫色，路易十四的画像也是用这两种颜色画成，实在有些不伦不类，充满戏谑调侃。

回想我从雨果和巴尔扎克的小说里得出的对法国人的印象，他们的浪漫、随性，甚至玩世不恭的性情都在这个洗手间文化里有所呈现。

然而，巴黎不愧为艺术之都，巴黎人对艺术的追求无所不见，他们不仅有历史上文艺复兴时期留下来的灿烂文化艺术遗产，就是在今天这个摩登时代，巴黎也是现代油画和时装艺术的典范城市。而这间戴高乐机场的洗手间，无疑为巴黎的艺术名声起了很好的加强作用，以至于像我们这些外来游客一开始就要对法国人身上的艺术气息充满由衷的赞叹了。

相对于充满浪漫艺术气息的法国人，德国人在这方面就显得呆板和实际得多。几天以后，我们在一家德国旅店入住，那里的洗手间也很有特色。门上没有标明男女，而是画了两个几乎一模一样的卡通小人，一个小人脑子里想的是“football（足球）”，另一个小人脑子里想的是“shopping（购物）”，有了这个区别，我想无论什么人都不可能推错门了。再仔细看时，那两个卡通小人也还是有一点细微差别，那就是：想着“football”的那个小人肚脐部位画着个立起来的长方形；而想着“shopping”的小人肚脐上画着一个圆。也只有严谨老实、完全不懂含蓄的德国人会想出这样的洗手间标记，真叫人忍俊不禁。

然而，值得一提的是，在德国境内和在法国境内，我们体会到的道德水准和风气完全不同，在巴黎，我们一团人就有三个遇上扒手，其他两个损失惨重，谢敏警惕性还算高，及时发现端倪，赶紧护住手提包，狠狠瞪了扒手一眼。那个肤色黝黑的年轻人看见事情败露，竟然若无其事地环顾左右，扬长而去。我们的姑娘将这事告诉大家，有人说为什么不给他一个耳光？美丽的姑娘狠狠瞪他，他不要以为是对他放电呢！而德国却是一个路不拾遗的国家，德国人的诚实我亲有体会。在一家小店里买小礼物，中国人向来喜欢讨价，我们这帮女士也不例外，但这位店主拒绝讨价，问他做生意从来不讨价吗？他回答说：“从来不！”我看见一双小孩的露指手套，很可爱，想着给小女儿买。手套标价是8块欧元，我拿出10块欧元给他，他找回我5块，我拿着找回的钱一脸疑惑，指着标价给他看，他说：“这双手套在打折，只要5块！”

法国和德国地域上如此相近，但两国人的性情却大相径庭，追溯起来一定有他的原因，有人说，法国之所以治安不好，是因为北非来的移民很多，那些年轻人都是些游手好闲的家伙。我对此没有深入研究过，知道的朋友不妨发表高见。

## 两座宫殿

到达巴黎的当天，导游就安排我们去参观巴黎远郊的凡尔赛宫，第二天又去游览了位于巴黎城中心的卢浮宫。这两座宫殿在历史上虽然都是国王的寝宫，但风格和品味却有很大不同。

去过凡尔赛宫的人，会被它的气势磅礴和华丽奢靡所震撼，这正是当年法国国王路易十四造凡尔赛宫时的心态。

凡尔赛宫最早是国王路易十三时候狩猎的寝宫，当时只是一座仅有26个房间的两层楼房。到了路易十四时代，有一天，路易十四的财政大臣邀请国王参加他在巴黎郊外建的一座行宫的落成仪式，路易十四欣然前往。然而，到了那里，一看这座郊外行宫，不得了，那个豪华气派，远超过皇家的任何一座宫殿。路易十四勃然大怒，立即以贪污罪将财政大臣逮捕，关进了巴士底监狱，并将这座行宫的设计师和建筑师一并收归己有，要为自己造一座前所未有的宫殿。经过多方考量和研究设计，坐落在凡尔赛的这座狩猎寝宫被选为建造新宫殿的原址。

从历史上了解路易十四的生平和个性，你对他的做法一点都不会感觉惊讶，这是一个法国历史上最强势的国王，在他统治的年代，法国政治、经济、国力等各方面都达到鼎盛，他也将一切权力独揽在手，全面施行独裁专政，以至于从他开始，法国进入一个高压状态，直至路易十六时代，终于引发民众暴乱，法国大革命结束了路易王朝。

凡尔赛宫就是路易十四显赫一时的杰作，他一挥而就建造的这座巨型宫殿，其气势磅礴显示着他的不可一世，其华丽奢靡更是他炫耀财富的心态。当时修建凡尔赛宫的时候，自然是找了全国一流的艺术家来绘那些彩色壁画，然而国王没有给这些艺术家足够的时间，以至于那些天花板上的壁画，墙上的油画肖像，多多少少都给人一种仓促匆忙的感觉，而整个凡尔赛宫在金碧辉煌的外表之下，还是透着一丝掩饰不住的美中不足。当然，我这样的个人浅见，丝毫不会影响凡尔赛宫在历史上的辉煌地位。

相比之下，卢浮宫的端庄典雅、恢弘大气在我看来则是更高一筹。卢浮宫早在12世纪末就由法王奥古斯都下令修建，经历好几个世纪，不断整修完善，直到拿破仑时代，进行大规模的扩建，完成了卢浮宫的建筑群。细看卢浮宫的建筑艺术，你会被艺术家那种雍容超凡，气定神闲的心境所打动，每一个细部的完成，都体现着艺术家精雕细琢的耐心，这就是为什么卢浮宫的天花板绝不像凡尔赛宫那样，都是“速成”的彩绘，而是一幅一幅经得起时间考验的浮雕，每一幅浮雕都凝结着艺术家的才气和生命。

然而，这样一个无与伦比的宫殿在历史上也几次险遭劫难，当年国王路易十四就曾想把它全部拆毁，后来巴黎公社暴民起义，一把大火又险些把它烧掉。冥冥之中当是有上苍的保守看顾，卢浮宫至今依然完好如初。

今天的卢浮宫已经成为世界最大的“卢浮宫博物馆”，拥有世界著名的艺术收藏达到3.5万件。每天这里都有成千上万爱好艺术的人们流连忘返，欣赏着每一件展出的艺术珍品。不过，很多人的心思整个被展品吸引去了，竟然忽略了好好领略一下宫殿本身的美，实在有些可惜。



## 什么什么老公什么什么崽

在巴黎，我们和前面来的几组人马会合，人数很快就超过了30个。这么多人乘着大巴，在当地导游带领下，浩浩荡荡向各个旅游景点进发。这一路，我们穿越的国家有法国、比利时、卢森堡、德国、瑞士、列支敦士登和奥地利，本来长途巴士旅行，很多时候是很沉闷的，大部分人都会在疲劳中睡觉。但我们这一路却是欢声不断，笑语连连。

在前往斯图加特的路上，为了活跃气氛，导游让大家用各自的方言讲一句惊叹语，于是很多人开始响应号召，用家乡话表达惊叹，那个五花八门，实在好笑。

笑完了，广东人郑玉轩说，她来给大家讲了一句地道的广东话，让大家猜是什么意思，接着“觥觥咚咚”讲了一句广东话。不懂广东话的人当然都是根据发音听起来像什么来猜测意思的。

宋小丽猜：“三个老公三个崽。”

房小文猜：“三床老公三床崽。”

李医生猜：“上床老公生个贼。”

杨虹猜：“生错老公生错崽。”

老高不知插了句什么话，马上引火烧身，被人猜：“上床老高生个崽。”

又有人说：“三床老高三床崽。”

还有人说：“三床老高还是生错崽。”

这下可热闹了，大家你一言我一句，都冲老高开炮，笑闹声一片。

我很佩服老高，管你怎么开他玩笑，他肚子里都能撑下一条船，男人开得起玩笑就是一条好汉！我最欣赏的还是陈莉，不论人们说什么，她总是一言不发，含笑脉脉地望着大家，又时不时看一眼自己的丈夫，目光中露出景仰。这才是真女人！怪不得老高牛起来的时候还真牛！

最后郑玉轩说：“错了，错了，你们都猜错了！什么老公崽的，我讲的是‘生菜老姜小菜苗’！”

原来广东人称嫩嫩的小菜苗叫“菜崽”，难怪听起来像“什么什么老公什么什么崽”，也难怪最后把老高也牵扯进来，谁叫“老高”

和“老公”就差一个辅音呢？

笑够了想想，语言真是个很奇妙的东西，当人们用不同语言交流，而双方又完全不懂对方意思的时候，那真是鸡同鸭讲，误会百出。即便是同一种语言，当人处在自己独特的思维定式中也完全不能领会对方的意思。

我祖籍是浙江义乌，小时候听过外婆讲一个笑话：一位爷爷完全沉浸在自家老母猪要生小猪的兴奋里，因此孙女对他说：“爷爷，落雪花了。”

爷爷却听成：“啊，生小猪了！”

孙女说：“爷爷耳朵聋！”

爷爷说：“哦，七个雌八个雄。”

“落雪花”和“生小猪”在浙江义乌一带的方言中发音十分相似，也难怪爷爷会听错，但爷爷听错话的根本原因还是他有了一个预设的思维定式。

当我们在和人交流的时候，千万不要有预设的思维定式，否则就很可能把自己的观点强加给别人，也很可能把别人话里的意思完全听错，因而造成不必要的人际纠纷。

说说笑笑的时候，明知不是那个意思故意说错，是为了逗趣好玩，但在实际的人际交往中，学会倾听，不随便曲解人意，又是何等重要的一门学问！

## 哥哥找妹泪花流

神州合唱团是一个生命力旺盛的团体，这一路上，激情歌声此起彼伏，开心玩笑无处不在，尤其是团员们之间彼此关爱的友情更是令人感动。这里不妨讲一个“哥哥找妹泪花流”的故事。

在斯图加特城中心，有一段自由活动的时间。

已过了下午六点，大家在指定的街口集合，准备去吃晚餐。此时发现少了小丽和祖薇。室外零下十摄氏度，冷风飕飕，雪花飘飘，若大家都在街口等，人人都会冻成冰棍。

此时，晓晖当机立断，对导游说：“你带大伙儿去吃饭，我去找他们！”这就是晓晖，他总是在关键时刻挺身而出。

导游同意了这个方案，带领大伙儿往餐厅方向走。老邵留下来说：“我站在去餐厅这个路口等，免得他们错过。”接着，老戴也留下来和老邵一道。

小文跟我们走了一段，又不放心，说：“不行，晓晖他们不知道餐厅在哪儿，到时候怎么找我们呢？导游，请你把餐厅名字告诉我，我回去跟他说。”

那天晚上，男生们都分头出去找人，小文等几个女生也在户外奔波，其他人在餐厅里耐心等待，没有人发一句怨言。

七点多钟，人终于都回来了，每个人脸蛋冻得红扑扑，眼泪鼻涕直流，大家看见好感动，赶忙让座倒茶。晓晖坐我们这一桌，我们慰问他的辛苦，晓晖说：“谁让她是我家妹子呢？”

原来宋小丽、宋晓晖名字谐音，早已被人当作兄妹，《小花》里妹妹找哥的故事在我们这里变成“哥哥找妹泪花流”了。

## 嫂子颂

小丽和祖薇脱离了大部队，大家起哄要罚她们钱。谢敏站起来说：“看在小丽今天白天一路领我们练歌的份上，就饶了她们吧？”

小丽充满感激地说：“还是我的嫂子疼我！”

宋晓晖是宋小丽的哥，谢敏自然就成了嫂子宋，有人从歌本里找出一首歌，就叫《嫂子颂》，小丽大声朗诵给大家听，歌词有些奇怪，那位嫂子是“黑黑的小手，大大的脚板”，唱歌人对嫂子的感情也有些暧昧，很不符合我们的现况。李医生说我们这位嫂子是“白白的小手，美美的腿脚”，“充满灵秀”，建议修改歌词。大家马上提议把这一重任交给李医生去完成。

李医生是个认真的人，我听到她下车后，在参观旅游景点时还在琢磨着歌词。不知后来情况怎样，若新《嫂子颂》歌词填好，请李医生发给大家，将平添许多乐趣。

李医生还提到另一位“嫂子”房小文，说她忙前忙后，一路上不知费了多少心血，也该好好颂唱颂唱。虽然小文不愿担“嫂子”的名号，但老孙的大哥形象早在团员们的心目中树立起来，小文不想担“嫂子”的名分也罢，因为她的付出和辛苦早已有目共睹。一个团体若没有几个像她这样的热心人，要想活动办成也难。

我是个新来者，从旁观察，我发现神州合唱团里的热心人比别的团体要来的多，从最早路平不停地给大家发邮件，报告事情进展情况；小文花大量时间多方联络各种细节；到成行之后谢敏不止一次地召集大家练唱；海晨为新来的人操心服装、帽子、项链；小丽也中途挺身而出，发挥自己的专业知识，教大家正确的发声方法和共鸣位置；还有一路上晓晖、老孙、老邵、老高等几位男士前前后后照顾着女士，不是帮着搬行李，就是帮着照相，还常常提醒大家注意安全；出了任何状况，都是他们忙前忙后地处理。这些是我所看见的，还有别人作了别的事我不知道，就没法在此一一列举。我相信一定还有很多。

我从心里感激这些热心人，因为我实在是这一活动的受益者，没有任何付出，却搭了一个便车，希望将来有机会作出回报。

还值得一提的是合唱团的团员们，他们总是宽容随和地服从领队的意见。一个团体里有带领的人，也要有跟从的人，领导发出指示，其他人毫无怨言地跟随配合，这也是活动办成功的重要因素。想想看，一个团队里只要有一个既不做事，又意见很多的人，那就且有得麻烦了。

神州合唱团团员们的素质给我留下深刻印象，即便是那些没有去的人，也常发出邮件，鼓励大家，这也是一份难能可贵的支持。

因着这个原因，我想我可能会加入到这个团队中去，望嫂子、大哥们接纳。

## 雪地金花

大家一定很难忘记在德国汽车抛锚的场景。

我们的大巴从斯图加特启程后不久，驾驶盘上就出现了红灯警告。司机将车开下了高速，开进高速边一条僻静小路，停下来检查。

从车窗望出去，是一片开阔的平原地，昨晚下过一场雪，早晨雪停了，阳光普照大地，到处是晶莹透亮白茫茫的一片。车上的人也不管车子出了什么故障，这事就让司机去操心吧，大家一个个裹好棉衣，戴上帽子，迫不及待地冲进了雪地里，玩雪的玩雪，拍照的拍照，一片笑闹声。毕竟是零下好几摄氏度的温度，室外待一阵子，身上就开始发冷。

车子好像没有修好的迹象，再这样待下去谁都受不了。

Jennifer提议来跳幼儿园的舞，大家手拉手，围成圈，在Jennifer的带动下，开始蹦跶起来：

“脚尖脚跟脚尖翘，我是一号叫二号！”

“脚尖脚跟脚尖翘，我是二号叫三号！”

“脚尖脚跟脚尖翘，我是三号叫四号……”

跳着跳着，寒冷一扫而光，身上还微微出起汗来。

这时，有人离开大家，直往雪地不远处一片矮树丛里奔，那个时辰，正是吃过早饭一个多小时的时间，人人都会意她去干什么，在这没有现代“文明出口”的荒野之地，那是唯一得到解脱的办法，我决定立即仿效她去争取人身自由。

此刻，只听老高在喊：“男左女右！”不少男士也在往另一个方向走。

那片矮树丛成了女士们的专属，虽然不过是稀疏的一些枯枝，并不能完全遮挡风景，但此刻谁也顾不了这许多，蹲下身子，很快就在雪地里画出一朵金灿灿的自由之花。

我把iPhone里的录像机打开，走出来正好遇见祖薇，我说：“小薇呀，我要采访你了，你来这里干什么？”

祖薇带着上海口音直耿耿地回答我说：“我嘛，来做一件跟你一样的事嗳，你嘛已经解放了，现在轮到我争取解放哉！”

又遇见小丽也往树丛里钻，问她：“小丽啊，你来干什么？”

小丽用北京腔嗲兮兮地回答我说：“我呀，是来玩儿的！”

“你到这里玩儿什么呀？”

“我到这里玩儿雪呀！”她故意给我装糊涂。

我说：“祝你玩儿得愉快，画出最新最美的图画！”

那一天，在小树丛边那片白皑皑的雪地上，真的开出许多金灿灿的花朵，那是女士们的杰作，至于男士们是如何创作他们的艺术品，就不得而知了。

因着这个典故，我把维也纳之行几个色彩鲜明的小故事都归在这一篇里，取名《雪地金花》，为的是纪念这个难忘的经历。

## 英雄救美

汽车第二次抛锚是在德国一个叫Bad Durreheim的乡间小镇，那已是将近午餐时间。司机已经发现汽车漏水，无法修好，正在与总公司联系，希望他们重新派一辆车来，导游也急火火地跑下车去，寻找午餐所在。

车里的团员们这一路上已经学会了一条很重要的户外生存法则，那就是：看见食物不要挑，尽量吃饱，车停下来不要忍，就地解放。因为很难预料下一餐饭食或下一个解放点是否如期而至。

有人在雪山坡上找到一个凹陷处，很安全的解放点。一群美女都往那个方向去。

小丽气喘吁吁地爬上山坡，解放了，又颤颤巍巍地踏着积雪往坡下走。忽然一个趔趄，险些摔倒。她脑子里产生幻觉：背后是峭壁，前面是悬崖，我该怎么办？她停在那里，不敢再往前多走一步。

这时候，老孙正从另一个方向解放回来，看见情形不妙，赶紧快步走向山坡，伸出温暖有力的大手，将颤巍巍的小丽扶了下来。

车里的团员看到这一幕都惊叹不已，老高看得两眼发直，竟然手里提着摄影机却忘记拍摄，有人提醒他，他如梦初醒，却是已经迟了，他懊悔不迭。救美的一幕虽然没有记录下来，但老孙英雄的身姿却深印在人们心里。

想想若不是汽车抛锚，若不是车上人不屈不挠时刻追求着自由解放，大概也就不会有如此精彩的场景，不会有这个英雄救美的故事在我们中间“流芳千古”。

更有趣的是，正当大家肚子已经饿得咕咕直叫，眼巴巴地翘首盼望导游归来的时候，我们年轻英俊的导游竟坐着一辆小轿车回来了！大家十分惊讶，在这偏僻的荒山小镇，难道还有他的朋友不成？再仔细看，为导游开车的原是一名德国老太太！原来导游在雪地里东奔西跑，想找到一个能容纳四十人的餐厅，他在问路的时候，被这个过路的老太太听见了，她毫不犹豫地请导游上车，载着他跑遍小镇，很容易就找到了一家合适的德国餐馆。导游很感激，邀请她和我们一道共进午餐，老太太爽快答应了。



那顿午餐，大家公认是我们这些天以来吃得最好的一顿。试想，若不是遇上这位好心的老太太挺身相助，凭导游两条腿，即便找到餐厅，也不知要耽搁多少时间。这老太太无疑是我们的大英雄，为了报答她，我们在午餐之后集体为她唱了一首中文歌曲——《游子吟》，感谢她英雄救美，把我们这些从美国来的落难者全给救了。

## 真正的爱国者

因为汽车抛锚，我们到达列支敦士登大公国的首府瓦杜兹的时候已是天黑时分。

列支敦士登是一个位于欧洲中部，至今仍维持君主立宪制的山区小国，坐落在阿尔卑斯山地的莱茵河谷，西临瑞士，东接奥地利，是世界上仅存的两个双重内陆国家之一（另一个是乌兹别克斯坦）。这里曾经以发行旅游邮票而闻名世界，因此人们也称它为“邮票王国”。这也真是名副其实，因为这个国家总面积加起来还不到160平方公里，也就一张“邮票”那么大。

别看这个“邮票王国”土地狭小，人口稀少，且不设海关与国防，甚至在欧元统一之前的相当长一段时间，连自己国家的货币都没有。但这里的国民所得水平，其人均国内生产总值却高达5万美元以上。人们实在难以想象这个弹丸之地，如何成为一个以阿尔卑斯山美丽风光、避税天堂、与高生活水准而著称的富裕小国。

对我们这些外国游客来说，夜幕笼罩下的瓦杜兹实在没什么可看的，不过反正是到此一游嘛，大家还是兴致勃勃地在瓦杜兹城堡的山下远远地抬首翘望，大公居住的城堡里透出一道橙黄色的灯光，在空蒙的夜幕中，闪现一丝神秘。

相比山顶上那座遥不可及的城堡，山脚下这座政府办公大楼就显得格外真实。导游告诉我们，这座大楼就是这个国家的政治中心，甚至司法部门、警察局都在里面，而楼底的地下室就是关犯人的监狱。

导游讲了一个小故事：有一次，瓦杜兹的市长晚上来办公室，结果忘了带钥匙，他只要按门铃，通常看守犯人的狱警就会来开门。这一次，当他按响门铃，来开门的竟是穿着囚衣的犯人。市长惊讶地问：“狱警哪里去了？”犯人回答说：“他家里有急事，回家去了。临走时他把钥匙交给我了。”市长问：“那你为什么不逃走啊？”犯人说：“我干嘛要逃走？这世界上还有哪里比我的国家更好呢？”

啊，这是一个真正的“爱国者”！还有什么人比坐在牢里，有机会离开，还不愿离开他的祖国更爱国呢？！

## 脱裤子

从巴黎到维也纳的一路上，我们常常要在零下好几摄氏度的寒冷天气里步行，为了保暖，大家都习惯了在外裤里面再穿一条棉毛裤。最后一天乘飞机时，仍有许多人穿着棉毛裤去机场。

在伦敦机场候机厅里，祖薇热了，说去洗手间脱棉毛裤。

有人问：“祖薇哪里去了？”

心直口快的小文不假思索地回答：“脱裤子去了。”说完立刻觉得不对，赶紧用手捂住嘴，已经来不及，大家猛笑。

不一会儿，老孙站起来。老孙是个稳重的人，别人讲笑话，他只是跟着笑，很少插话。此刻他很文雅地说：“一会儿飞机上还真会热，我也最好去那个什么……”

话没说完就往洗手间方向走。

众人再次发出爆笑。

小丽立刻开始演绎说：“伦敦机场，祖薇先去脱裤子，老孙接着紧跟而去……”

大家笑得前仰后合，都快要笑岔气了。

小丽说的话，不过是在描述一件刚刚发生的事，为什么不知不觉竟演变成一个带颜色的笑话了呢？仔细想想，这里面有个逻辑的奥秘，小丽用“断章取义”和“偷换概念”两种方法使得事情被“歪曲”得恰到好处，引人发笑。

在小丽的描述中，祖薇和老孙两个人去脱棉毛裤的前因后果完全取缔了，虽然她陈述的是一个事实，然而却是一个砍头去尾，断章取义的部分事实。这被“断章取义”后的部分事实已经与事情的原貌大相径庭了。再加上“脱裤子”这个词，除了指“脱裤子”这个动作之外，还有另外一个“黄色”的含义，同样三个字，用这一个含义取代另一个意思，这就是“偷换概念”。

“断章取义”“偷换概念”，打趣说笑话，效果奇佳。然而，在现实生活中，以同样的方法，歪曲事实，误导思维，却不太容易被发现。所以我们要特别小心，虽然我们自己不会处心积虑、绞尽脑汁去欺骗别人，但别人要用“断章取义”“偷换概念”的方法来误导你，你可小心上当哦！

维也纳之行，该写的我都写了，没写的大家都知道，不知道的将来有机会再写。这里只是随手散乱地记下几个小故事，供大家回味刚刚逝去的快乐时光，人生的经历随着时间的流逝很快会过去，但生命的风景线却会定格在某个记忆的深处，成为永恒。

2012年2月10日

# 关于神州合唱团

另外我也想趁此机会介绍一下这个民间团体。这是一个在美国达拉斯，由一帮热爱歌唱的华人组成的合唱团，其中成员绝大部分并非专业，团员水平也参差不齐，然而在指挥刘哲苑老师的调教下，每个人都有长足的进步，曾先后被邀请到北京、上海、甚至台北去演出。今年元宵节，又被邀请来参与中国文化部在维也纳金色大厅举办的一场大型演出，这场演出共有15个合唱团参加，除了我们一个海外的，其余全部来自国内。

一来就发现了不同，国内合唱团的人相当勤奋，几乎每个团的成员都在抓紧演出前的点滴时间练习，音乐室、过道上、化妆间，能利用的地方都利用了，只有我们团的人在金色大厅可行走的各处游览、拍照，除了规定的时间在指定教室排练外，我们几乎没有多加一分钟的班。是我们平时功夫硬，不需要临时抱佛脚吗？那也不见得，我想主要是因为我们没有“政治任务”，国内来的团多半把这次演出当成一件“事关国家荣辱”的重大活动，而我们真的只是好玩，只是把它当成个人生命中的一个特殊经历，当成我们全体合唱团成员一个共同美好的回忆。演出时我们也显得那么轻松自如，我们唱的一首英文歌是《西部老歌联唱》，活泼轻快，每人头上还戴一顶牛仔帽，完全是搞笑的做派，没想到效果却出奇的好，在一本正经、字正腔圆的红色歌曲中，我们的歌令人耳目一新，演唱的风格更令好些人惊讶羡慕，他们认为美国来的人真是太自由了。而“自由”，真的是我们的标签，神州合唱团成立16周年以来，我们就是在自由中选歌、练歌，在自由中唱歌，没有人强迫我们一定要唱什么歌，更没有人规定我们唱歌一定要有什么目的，我们只在唱歌中抒发感情、陶冶性情，在唱歌中联络彼此的感情。

现在我随便找来两次年度演出的歌曲曲目，其中的文字简介是我为合唱团做广告时所写，或许你从中多少可以了解一点我们合唱团的风格。

## 歌中的情愫

——神州合唱团年度演唱会曲目简介之一

曲目：

1. 花儿与少年
2. 东方之珠
3. 小燕子
4. 红蜻蜓
5. 再别康桥
6. 大漠之夜
7. The Star Spangled Banner

8. An American Tributr

9. Gabriel’s Oboe

10. Sure On This Shining Night

11. Every Time I Feel The Spirit

文字简介：

这是我生命中不寻常的一年，发生许多事，唤起许多美丽的回忆，许多难忘的瞬间，许多对人生的领悟和感恩。正想着如何能够用文字把这些思绪表达出来，忽然看到了今年我们达拉斯神州合唱团要演唱的曲目，心念一动，这些歌，好像每一首都与我的心声有所关联，每一首仿佛都能牵动心湖里的那片涟漪，在无人知晓的空间里发出幽幽回声。哦，不如把它写出来，让更多人来体会这份美，体会歌声中的浪漫情愫，体会音乐对灵魂的洗礼与激荡，体会在人生命中另一个超越的空间里，那个永不消逝的爱的音符。

第一首我要提到的曲目是《花儿与少年》。“花儿”，是一种民间小调的曲名，流传在青海海东一带，早年花儿的曲调凄美、深情，配上朴实无华、发自肺腑的歌词，听来九曲回肠，令人动容。《花儿与少年》最早是“西北花儿王”朱仲禄先生谱写的一首曲子，他一反“花儿”中凄凉哀怨的老调子，代之以活泼轻快的旋律，唱出了西北少年与纯情少女青春的朝气和美丽的爱情。

“花儿为王的红牡丹，红牡丹它开在春天。”春天里的爱情就如红牡丹一样，在一眼望不尽的大草原里自由开放，那份夺人的美，怎不叫人流连？

“阿妹是才开的红牡丹，阿哥是春天的少年！”这样充满浪漫激情的歌词，是否令你怀念起你的少年时代，怀念起你的初恋，怀念起那个遥远的年代，悄悄开放在你心中的爱情？

《东方之珠》是罗大佑作词作曲的一首现代流行歌曲，配上四部和声，唱出了一个民族五千年历史的沧桑，唱出了苍凉的胸膛在崛起中的自豪。哦，东方之珠，你真的是代表着这个民族的骄傲吗？

而我对这首歌有特别的感动，是因为五月的一个经历。在那个灯影交错的歌舞之夜，我听到一首歌，也留下一首歌，而《东方之珠》就穿插在那天的歌海里，看到它，耳边就响起那首歌的旋律，眼前就浮现出灯影中的人。是的，当我们对一首歌有特别的感动，那可能是因为这首歌伴随着一段令你难忘的记忆，而每一次与合唱团一起练唱《东方之珠》，都将我的思绪带到那个五月的梦徊。

我要再次提到《再别康桥》，这是一首极美的艺术歌曲，是根据徐志摩的诗《再别康桥》改编而成。关于徐志摩这首诗的来龙去脉，我在另一篇文章《康桥遗梦》中有详细的叙述，康河上那一座座充满灵性的小石桥，见证着诗人当年美丽的爱之梦，可这梦终于遗落，遗落在默然无语的康桥上，遗落在悄悄别离的笙箫中，诗人轻轻挥了挥衣袖，没有带走一片云彩，就消失在永恒无限的天光中。徐志摩是在一场空难中离开这个世界，走的时候年仅32岁。

结合诗人的背景，再来唱《再别康桥》这首歌，心里缠绵悱恻，有种无法释怀的忧伤，一种纯粹的柔情，一种毁灭性的美，一种不属于这个世界的爱，你去体会，那歌里都有淋漓尽致的表达。“悄悄的我走了，正如我悄悄的来……”，你终于悄悄地走了，是否还会再悄悄地来，来赴那彩虹的约定，来完成生命中持守的梦幻？

这次演唱会的曲目中，还有两首异域民歌，一首是墨西哥民间歌曲《小燕子》，还有一首日本民歌《红蜻蜓》。这两首歌都有很强烈的怀旧情调，唱来令人伤感。

那只急急忙忙在天空里飞来飞去的小燕子，它在寻找它的家，它那可爱的老巢里，还有三只嗷嗷待哺的小燕。可它再也找不到它的家了，它的家已经被人捣毁，可怜的燕子，它只好流浪，只好寂寞、凄凉！哦，这歌，不正是借着小燕子隐喻那些流离失所的人们，他们的家已被拆毁，他们到哪里去寻找安歇之地！

“晚霞中的红蜻蜓，请你告诉我，童年时代遇见你，是在哪一天……”这是《红蜻蜓》中的头两句歌词，我第一次看到，眼里竟流出泪来。惊悚地发现，记忆的口袋撕开了一角，我想起童年时代的水田，池塘，和一望无际开满油菜花的田野，那上面有上下翻飞的红蜻蜓，还有田野间跳跃着的身影，那是少年人一世的牵挂。童年的梦幻，会在生命中打下永远的烙印，随着人渐渐长大，你以为你已经忘记，可当某个时刻来临，所有一切又都呈现如起初的那片阳光。当《红蜻蜓》这首歌以它忧郁、凄迷的歌词与旋律在耳畔回旋的时候，心中一缕情丝开始幽幽蔓延，知道生命中有些东西是可以存到永远的。

所有这些中文歌曲中，最喜欢这首混声合唱的《大漠之夜》，一开始的悠长曲调，就展现出空间的寥廓，整首歌曲的音乐是这样坦然、饱满，又是超凡、淡泊。随着合唱声部次第加入，一幅大漠之夜的壮阔图景浮现眼前：浩瀚的夜空，寂寥的大漠，一队骆驼伴着歌声远远走来，一步一步艰难地跋涉。接着声部交替穿插，音调体现出含蓄的激情，执着而又深沉。之后，音乐远去，消失在大漠的夜色之中，令人产生无边的遐想，那一队骆驼，在另一度的大漠空间里，依旧跋涉、跋涉……

这首歌给我带来极大的震撼，歌中表达的坚忍和执着，唤起了我心中一股强大的力量。生命中多少时候我们会面临难处，然而，又有多少时候我们放弃了执着？遥远处，有人依然执着，传达着生命的能量，是的，不管道路是多么漫长，多么坎坷，像骆驼那样，无怨无悔地驮着憧憬，在希望中一步一步艰难地跋涉，黑夜终究要过去，金色的曙光会在不远处迎接我们！

为什么人们喜欢听歌，喜欢唱歌？就因为歌中常常蕴涵着某种美善的情愫，牵动人的心，唤起人心里的某种激情，它有时候令你欣喜，有时候让你感伤，有时候又使你的生命得到激励！生活，并不只是每天的油盐酱醋，生命，也不只是反复的一日三餐，朋友们，到歌里来寻求某种超越吧，常常，我们的生命是需要超越的！

这次演唱会的曲目中还有几首极其美妙的英文歌曲：The Star Spangled Banner，An American Tribute，Gabriel’s Oboe，

Sure On This Shining Night，Every time I Feel The Spirit，这里就不一一加以介绍。

来吧，朋友们！不要错过了这次演唱会，它将会带给你生命中难忘的一瞬！

## 因着圣者的光芒，你不必情伤

——神州合唱团年度演唱会曲目简介之二

曲目：

1. 火把节的快乐
2. 葡萄园舞曲
3. 站在高岗上
4. 在那遥远的地方
5. 不了情
6. 菊花台
7. Sanctus（圣天父）
8. What A Wonderful World（世界多美好）
9. Let There Be Peace On Earth（愿世界充满和平）
10. Pie Jesu（慈悲怜悯的耶稣）
11. You Raise Me Up（你高举我）
12. Old West Medley（西部老歌联唱）

文字简介：

达拉斯神州合唱团一年一度的演唱会即将来临，要我写一篇演唱会的曲目介绍，翻开歌谱，一首首熟悉的旋律如清幽的溪流，在耳际流淌，把我的心带到一个悠远宁静的地方，开始体会歌中的情愫，开始演绎人生的故事。是的，将这些中文的、英文的歌曲曲目合在一起，我看见了什么？我看见，大江大海中奔腾历史的缩影，看见芸芸众生中一个小小生命的历程！哦，让我编一个故事给你听。

年轻的他，在火把节的夜晚，看上了美丽的她，他们相爱了。“姑娘在火把下跳舞，彩裙翩翩如鲜花。小伙在火把下弹琴，琴弦说出知心话。”（《火把节的欢乐》）

他们来到葡萄园，在迷蒙的月光下，彼此倾心吐意。“葡萄树叶摇动着思念，……告诉我，告诉我，爱会描出最美的画。”（《葡萄园夜曲》）

他们来到高岗上，看见绵绵青山横亘百里，他们发誓他们的爱情也将永远绵长。（《站在高岗上》）

哦，如果时光就此停留在这一刻多好！可命运却总是令人惆怅！不幸的事终于发生，战争中小伙子被充军，离乡背井，与心上人各分东西，他只能在夜深人静的时候怀念那遥远的地方，怀念他心爱的姑娘。在残酷的炮火与死亡面前，那只不过是一个牧歌式的梦想啊，在记忆深处纯美地、虚幻地飘荡！“我愿做一只小羊，跟在她身旁，我愿她拿着细细的皮鞭，永远轻轻地打在我身上……”（《在那遥远的地方》）

而留在家乡的那位姑娘，每天以泪洗面，在一份不了情中虚度时光，回忆着心上人的音容笑貌，“忘不了，忘不了，忘不了

你的泪，忘不了你的笑，忘不了雨中的散步，也忘不了那风中的拥抱。”（《不了情》）

可一切都不能重来，“寂寞的长巷，而今斜月清照，冷落的秋千，而今迎风飘摇。”（《不了情》）

这样的日子何时是个尽头？可战争居然持续了8年，青春在离乱中消逝地如此之快，姑娘的泪光，柔弱中带伤，她每天守着惨白的月亮，盼望亲爱的人早日归还。可那个她始终念念不忘的身影却再也没有回来。“花已向晚，飘落了灿烂，凋谢的世道上，命运不堪。…… 雨轻轻弹，朱红色的窗，我一生在纸上，被风吹乱。”（《菊花台》）

她哪里知道，战争结束，小伙子没能回到家乡，却不得已去了海峡的对岸，在那个陌生的寄居地，他也是感怀难忘，“忘不了春已尽，忘不了花已老，忘不了离别的滋味，忘不了相思的苦恼。”（《不了情》）

可一切又能怎样呢？时光流逝，岁月无痕，只落得“菊花残，满地伤，你的笑容已泛黄，花落人断肠……北风乱，夜未央，你的影子剪不断，徒留我孤单在湖面成双。”（《菊花台》

经历过年轻热烈的爱情，又经历战争离乱的伤心，生离死别的惨痛，人生无奈的悲凉，这样的绝望，情何以堪！ 如果这就是人生的结局，人活一世又有什么意义呢？然而，在人生尽头之处，有启示从天而降，当圣者之光照临大地的时候，人心重归静好，生之希望骤然升起，“圣者，圣者，圣者万有之主，你的荣耀充满天地，欢呼之声响彻云霄。Sanctus dominus ，deus.

Plenisunt coelietterra. Hosanna in excelsis.（《圣者》Sanctus）

原来，这宇宙间有一位满有慈爱的创造主，他造天造地，造了我们这些卑微的人，那绿树红花，蓝天白云，都是他爱的彰显，多么美好的世界，圣者之爱居住期间！“I see trees of green，red roses too…I see skies of blue and clouds of white…What a wonderful world!”（《世界多美好》What a wonderful world）

然而，人却选择犯罪，不遵从天父的命令，以至于世间充满罪孽！战争，离乱，悲伤……这一切的苦难皆因人的罪，当我们远离圣者，偏行己路，为着一己之利，一党之利，一国之利出卖灵魂，互相争斗的时候，苦难就来临，国家民族的悲剧终将以个人的悲剧展现无疑。哦，回归吧，有声音在呼唤，回归圣者的怀抱，回归圣者指引的道路，要让地球上有平安，先让我们自己的内心有平安！当圣者成为我们的天父，我们彼此就都成了相亲相爱的弟兄，地球上再也没有战争，没有离乱，陪伴在身边的只有弟兄，只有亲人，相爱的人也将没有阻隔，永远团圆！这是多么美妙的图画，这是永远的平安！“Let there be peace on earth and let it begin with me. With God as our father，brothers all are we. Let me walk with my brother in perfect harmony.”（《愿世界充满和平》Let there be peace on earth）

可是我们这样不洁净的人如何才能回到圣洁天父的怀抱啊？看呐，那位圣者，已经为我们预备了除去罪孽的羔羊，主耶稣的血已经为我们流在了十字架上，来到他面前悔罪吧，借着他，我们才可以重新与天父恢复美好的关系，因为他是唯一的道路、真理和生命！“慈悲怜悯的耶稣，慈悲怜悯的耶稣，让他们得安息，让他们的安息！神的羔羊，神的羔羊，让他们得安息，让他们得安息！Pie Jesu, Pie Jesu, Qui tollis peccate mundi, Dona eis requim. Agnus Dei, Agnus Dei, Qui tollis peccate mundi, Dona eis requim.”（《慈悲怜悯的耶稣》Pie Jesu）

就这样，故事中的姑娘和小伙，他们分别在不同的地方接受了圣者恩光的照耀，接受了耶稣作他们生命的救主。他们从个人卑微的生命开始回转，转回天父的怀抱，在人生的苦难中，他们来到圣者面前安然等候，静心祈祷：

“我的灵魂啊，请安静，主在你的身边！请耐心地背着你痛苦忧伤的十字架，将一切交托给供应你的神，不管环境如何变迁，他的信实永远长存！

“我的灵魂啊，请安静，就连海上的风浪都知道，他从天而降，他的声音统治万方。

“当我跌到，我的灵如此疲惫，当苦难来临，我的心沉重难耐，我只有默然无语，安静等待，直到他来，坐在我的身边。

“你高举我，使我能立于高山之巅，你高举我，使我能行驶于暴风雨的海面。我强健，因我倚靠着你的膀臂，你高举我，使我远超过我所能！

“没有一个生命不是空虚饥渴，每一颗不安的心都跳动得如此残缺。但当他来临，我的心便满了惊喜，有时候我以为，我在一瞬间窥视了永恒。

“你高举我，使我能立于高山之巅，你高举我，使我能行驶于暴风雨的海面。我强健，因我倚靠着你的膀臂，你高举我，使我远超过我所能！”（《你高举我》You Raise Me Up）

是啊，个人的生命是多么渺小卑微，若没有那位圣者，我们不过是行将就木的人，然而当我们与他有了连接，我们就与永恒的源头有了连接，因着他，我们的所行远超过我们所能！我们让圣者帮助我们先改变自己，我们就能改变世界！

不管你相信不相信，我们的男女主人公最终有了一个圆满的结局，在他们人生暮年的时候，他们分别来到美国，来到德克萨斯州这西部牛仔的故乡，岁月使他们容颜苍老，时光却将他们的爱情磨砺得更加闪闪发光，尤其是信仰的生命让他们成为爱的见证，他们参与各样的公益，为地球的平安奉献着他们力所能及的力量。最有趣的是，他们一同参加了神州合唱团，在维也纳金色大厅里演唱了那首著名的西部歌曲《西部老歌联唱（Old West Medley）》，当他们将头上的牛仔帽潇洒地扬起在空中，人们不再为他们的故事感到情伤，人们感受到的，是一个热烈、激昂，充满喜乐和豪放的生命！如果你没能在金色大厅观看他们的演出，那么来年的演唱会将会给你机会再睹西部牛仔的风采，你会为从前的姑娘和小伙儿加油鼓掌！

故事是我编的，一切却是出自圣者之手，不由得我们不敬畏他！

看了这些曲目介绍，你或许会隐约了解到音乐背后的永恒动力，了解到神州合唱团真正的灵魂所在！

# 威登堡的街

## （一）

那个冬日，一个人在威登堡的城中心闲闲地走，我惊讶于早晨8点钟，这座德国东部的小城居然一个行人都没有，人都去哪儿了呢？是不是因为天气寒冷，又是周末，人们都愿意赖在家里，一家人相守着度过闲暇时光？

街道两旁的建筑，最高也就三层楼，一楼是店面，二、三层是住家，很多住家的窗台上放着绿色植物或者开着那种只有冬天才有的清清淡淡的小花。而最让我心动的，是每个窗户上都挂着一种虽然形状各异，却都一样精致的白色镂花窗帘。那种属于往昔年代，满溢着旧时温馨回忆的白窗帘，早就在我的生活中消失了。这个寂寥的冬日的早晨，在德国东部这个完全陌生的城市，与这白色窗帘穆然相遇，竟有一份久违的惊喜！

街道上真的很冷清，不远处传来淙淙的流水声。沿着水声寻去，我看见在靠近市政大楼的街道上，有一条暴露于地表的下水道，有两尺多深，用青石板砌成一条很整齐的水沟。水在里面淙淙地流，上面有防护栏围着，行人不会因失脚而掉进水沟，而两尺多的深度足以承载任何暴雨的侵袭，再大的降雨量也不会将城市淹没。然而，最令我惊异的是，那下水道的水竟然清澈见底，且是畅通无阻地流淌，像是连着活水的河流。这哪里像城市下水道里的水啊？你要说它是山间清流也不为过！

站在这条水沟边，我竟呆了半晌，一个能把下水道里的水弄得如此干净的城市会住着一群怎样的居民？这座城市少说也有超过500年的历史，因为马丁·路德1517年的时候，就在这条街上的一家修道院大学里任教。而这条街道两旁的房屋，随便指一栋都可能逾越百年。那么，这条下水道也该有几百年的历史了吧？或者青石板是后来砌上去的，但那条沟的雏形应该是早已有之。这个城里的居民必定早就知道，城市的建设，除了要考虑地表以上的高楼大厦，地表以下的排水排污设施也是很重要的。这个城市没有高楼大厦，大概也很少有拆了建，建了拆的政策。似水流年，一代一代人活在街两旁的矮楼里，活在这白色窗帘的后面，若没有人为的战争，或者意外的天灾，他们就日复一日地安居乐业着，聆听淙淙的水声，持守静静的时光。

虽然我十分盼望能结识这个城里的居民，但那天早晨，我真的一个人也没碰到，只有这条朴实无华的青石板街道，从远处延伸至我的脚前，仁慈安详地迎接着我；只有空气中弥漫的恬然静谧，向我昭示着一种仿佛从天堂而来的安宁。

## （二）

威登堡的街道冷冷清清，我能听到自己踏在青石板上的脚步声，这声响忽然给我一种异样的感觉，不知500年前马丁·路德在这条街上往返徘徊的时候，能不能听见自己的脚步声？或许那时候的马丁·路德，根本无意于去听别的任何声音，他正一门心思地倾听上帝的声音。

马丁·路德出生在15世纪末，那是一个教皇有着最高权力的年代。当时的教皇列奥十世为了筹集建造教堂的资金，在德国滥售“赎罪券”，有罪的人只要买了赎罪券，就不必再为他们的罪担心，仿佛上帝饶恕人的罪是根据你购买赎罪券的多少，买得越多，罪就被饶恕得越彻底。当时的《圣经》全都是用拉丁文写成，且控制在神父手中，普通德国信徒是没有资格也读不懂《圣经》的，他们根本无法分辩教皇的做法是否符合圣经真理。

作为修士、威登堡大学神学教授以及圣马丽亚教堂主教的马丁·路德，花了大量时间仔细研读圣经，终于发现了一个石破天惊的道理，那就是罗马书里的“因信称义”。原来罪得赦免并不是靠罪人积功德、行善事，更不是靠购买大量赎罪券，而是上帝自己道成肉身来到世上，为罪人献上了赎罪祭。耶稣就是这位道成肉身的上帝。凡是真诚地在上帝面前承认自己是罪人，相信并接受耶稣为他个人的救主，罪就得赦。在上帝眼里这人不再是罪人，而成为义人，得享与上帝同在的永恒生命。同时马丁·路德还从圣经中明白了，人通过真诚的祈祷可以直接与上帝沟通，不需要通过神父才能向上帝忏悔。

这些发现，使马丁·路德如梦醒，那些日子，他每天徘徊在威登堡的街道上酝酿思考，街的一头，是他任教的修道院大学，另一头是城堡教堂，他在无数次来回往返的过程中，终于将宗教改革95条纲领成竹在胸。1517年的某一天，他将这95条抄写并张贴在城堡教堂的木质大门上。如今你到城堡教堂参观，木质大门已变成了青铜材料，门上有无数密密麻麻的小字，那就是根据原文样式铸印上去的95条纲领。从此以后，宗教改革运动席卷欧洲。

马丁·路德提出的宗教改革95条，向当时的教皇权威提出极大挑战，一场激烈的辩论会就在莱比锡的圣尼古拉教堂展开。辩论的结果，教皇判定马丁·路德宣扬异端邪说，将他逐出教会，并要他收回95条，但遭到马丁·路德的拒绝，教皇要对他施行法律制裁。那时候，异端邪说罪是要被烧死的。

在一个月黑风高之夜，路德的好朋友萨克森王储将他从圣尼古拉教堂救出，安置他在郊外的一个秘密城堡里。路德在那里将新约圣经从拉丁文翻译成了德文。从此所有的德语信徒都可以直接阅读圣经。

历史上总有一些先驱者，他们不惜冒着生命危险站在真理的一边。然而个人是何等有限，在强大的反对势力面前，谁又能百分之百地确信自己坚持的就是真理呢？若不是他明确知道这是由上帝来的启示，且上帝自己加给他持守真理的信心和力量，大概没有人能够坚持到底。而当我们在为历史上坚持真理的伟人赞叹喝彩的时候，是否想到他背后的上帝？纵观欧洲历史，任何一场思想文化的改革和启蒙似乎都跟上帝有关，不是人抛弃上帝，就是人回归上帝，在这个过程中，人也经历着各种各样的罹难变迁，而上帝始终是一只看不见的手，干预着人类，扶持着人类。

走在威登堡清冷的街道上，我深深感觉这个城市是有福的，它的文化，它的历史，都与上帝有着如此紧密的关系，我忽然明白了，那空气中弥漫着的仿佛来自天堂的安宁，也是一种文化历史的积淀，当人能够按照上帝的真理活在地上的时候，这地上也有如天堂！

2013年11月16日

# 圣尼古拉教堂

到达莱比锡的第一天，我就抽空去参观了圣尼古拉大教堂。

教堂坐落在圣尼古拉大街上，从建筑的西面看，依旧可见其最初的罗马式建筑风格，在16世纪初，它被陆续扩建成一座有着哥特晚期风格的厅堂式教堂，500年过去了，它的外观一直保留至今。

尽管教堂外观在翻修时使用砂岩材料，故意给人古老残旧的印象，但教堂内部的装修却令人着迷，天花板、楼台和长椅的华丽装饰及墙上的精美图案叫人流连忘返，尤其是棕榈树造型巨柱的设计，给人留下难以忘怀的深刻印象。

历史上，这座教堂还有一个闪光点，就是伟大的音乐家巴赫曾于1723年至1750年作为唱诗班的管风琴演奏者和指挥，活跃在这里整整27年。巴赫是一位虔心敬拜上帝的作曲家，他的作品无一例外的都是圣殿音乐，他用音乐来表达对上帝的敬拜赞美。巴赫的著名代表作《耶稣受难曲》和《圣诞节神剧》都是最早在圣尼古拉教堂首演的。

你只要看一眼教堂祭坛正对着的后墙上的管风琴，你就不难想象当年的敬拜音乐是何等辉煌。那一排壮丽的管风琴，堪称浪漫主义时期管风琴工艺的杰出代表，尤其是今天，经过全面修复，管风琴共有103个手栓，6804个哨音和5层手键，试想一下，当管风琴的音乐在圣尼古拉教堂轰然回响，那气氛是何等神圣庄严！

还记得吗，圣尼古拉教堂，就是1517年教皇准备烧死马丁·路德的地方。这座本来要烧死马丁·路德的天主教堂，在宗教改革运动席卷莱比锡的时候，开始用作于马丁·路德代表的新教徒的礼拜，人们可以在这里自由地阅读圣经，直接地向上帝祈祷和忏悔。这一500年前的革新运动，仿佛为圣尼古拉教堂注入了一种新的基因，以至于在20世纪末的1989年，东欧共产阵营瓦解，最初就是从这个教堂的“和平祈祷”运动开始的。

20世纪80年代初，德国还分西德和东德。当西德（联邦德国）人民举行大规模示威游行抵制军备竞赛时，东德（民主德国）政府却正在不断地扩充军备。那时东德政府已经公开不再尊重人权，民众的抗议示威活动经常出现， 来自东德城市莱比锡东部的一个青年社团，发起了每周一次的“和平祈祷”活动，他们每周一晚上五点在圣尼古拉教堂聚会、交流，虽然是和平祈祷，却被政府定性为非法集会，每个星期一，警察都会把圣尼古拉教堂团团围住，戒备森严，很多人因此被捕。

1989年，是马丁·路德宗教改革运动席卷莱比锡的450周年，又是人民大会战在莱比锡发生后的176个年头，历史再次选择了莱比锡。

5月8日，尼古拉教堂的主要通道被警察封锁，不久后通往莱比锡的主要道路和高速公路也开始被检查，政府当局不断对教堂施加压力，企图终止“和平祈祷”活动。虽然每周一总有人因为和平祈祷而被捕，可还是有越来越多的人涌向教堂参加和平祈祷，教堂里的2000个座位已经远远不够用。直到10月7日，那天是东德建国40周年的纪念日，却成为莱比锡人民永远难忘的恐怖日子。那是怎样一个暴力的场景！城里四处可见持枪核弹的士兵、防暴警察和便衣警察，他们连续10小时殴打毫无防范、也没有能力抵抗的民众，并用货车把他们运走，他们中的上百人被圈在马棚里。同时，官方报纸出现相应的威胁文章：终于，反革命必须被终止的时间到了，在需要的情况下，适当的武力是必要的！

然而，武力镇压并没有吓倒莱比锡人民，10月9日，又有许多人聚集到了教堂，教堂里2000个座位已被坐满，更多的人聚集在了教堂外的广场上。人越来越多，最后达到上万人，他们每人手中拿着的不是石头和棍棒，而是捧着一根小小的蜡烛！这天，牧师在讲台上开始讲上帝的福音，讲耶稣的爱，管风琴里奏出的圣乐充满感动人心的力量，有人朗读了支持和平非暴力号召的文献，偌大的广场上万点星火闪烁，“和平祈祷”活动就在这样宁静、圣洁的气氛下进行着。人们一手持烛，一手小心翼翼地用手掌护着烛光，那成千上万的和平非暴力的星星之火，点燃起人心中的良知，动摇着人心里的恶念。终于，奇迹出现了，面对这神圣的烛光，那些执行镇压的人员不再敢采取暴力手段，他们的军队、防暴组和警察自动撤离了广场！几周以后，柏林墙倒塌，民主德国的独裁政权彻底瓦解。

写到这里，一系列很纠结的问题出现在我的脑海里：1989年，莱比锡的军队和警察，面对手无寸铁、和平抗议的民众，居然会有良心发现，他们究竟怕什么？武器不是在他们手上吗？他们把这些人都杀死，这些人又能怎样？镇压这些反对者，不是更利于国家稳定吗？他们的独裁统治不是能够继续维持下去吗？而镇压过了之后，他们可以完全抹去历史，再也不提发生过的事，两代之后，这场血腥在人们头脑里就不留任何痕迹了。然而他们没能这样做，他们怕什么？

我想，一个多多少少认识上帝的民族，多多少少都会有敬畏上帝的心，生命是上帝赐予每一个人的，任何人不得以任何方式流无辜者的血，这是上帝的法则。当教堂里的圣乐和烛光在莱比锡“和平祈祷”活动中呈现的时候，所有人敬畏上帝的心都被唤醒，不光是军队警察放下了武器，先后上百万人聚集过的市中心街道上，竟没有一块被打碎的橱窗玻璃，这是怎样一种不可思议的神奇力量！

站在圣尼古拉教堂的大门前，我再一次感受到心灵的震撼，再次为莱比锡的1989年发出赞叹，一个敬畏上帝的民族是有福的！一个按照上帝的法则行事的国家，是有福的！



2013年11月28日

# 向往布拉格的春天

捷克斯洛伐克的首府布拉格，傲然坐落在伏尔塔瓦河两岸，被世界公认为东欧最美丽的城市，旅游业的报章上常用“镀金之城”“千塔之城”“东方巴黎”这些美誉，赞赏这座独具魅力的神奇城市，以前我在文字上看到这些美称的时候，感受并不强烈，而当我真正面对这座美城时，才深深体会这些名称的含义。

布拉格，如同一只神秘的珍宝箱，藏满了建筑、艺术和文化的奇珍异宝。她随处可见的街旁建筑仿佛都是华丽优雅的宫殿，外墙镀着金，顶部装饰着各种形状的塔，古朴庄严，精美绝伦。即便是一些普通房屋，也是结构匀称，装饰考究，其典雅秀美，难以描述。布拉格建筑之神奇，集中体现于布拉格城堡，那座金碧辉煌的古城池，栖息在波西米亚地区那一片起伏的山丘上，经过几个世纪的扩建修复，其辉煌壮观的景象真是举世罕见！在第二次世界大战期间，布拉格是东欧唯一没有被盟军轰炸的城市，当时盟军就有共识，布拉格的城堡是全人类共同的文化遗产，不得遭到人为的破坏。即便是在战争中也有如此保护人类文化遗产的意识，这样的思想是崇高的。

上溯到最久远的那个时代，捷克曾被称作波西米亚帝国，布拉格就已是一个多民族混居之地，捷克人、犹太人和德国人，不同的种族、宗教、文化在这里交融，商业及工业也都在这里自由发展。历史上许多名人雅士也在这里出生或驻足：天文学家开普勒，建筑师蒂森豪夫，音乐家莫扎特、德沃夏克，还有卡夫卡、胡森……

作者在通往布拉格城堡的查尔斯桥上

然而这座堪称世间文化宝库的城市，在几个世纪的风雨沧桑中，也曾历经战争和无数劫难。远的不说，单说20世纪：1939年布拉格被纳粹德国占领；1945年苏联统治布拉格；1948年共产党获得政权，建立极权制度的捷克斯洛伐克人民共和国。1968年，杜布切克发起了自由主义思潮，人们静坐、游行、示威，表达对极权制度的抵抗，这一行动被称为“布拉格之春”，因为人们似乎由此看到了改革与自由的春天即将到来的希望之光。然而，苏联却将坦克开进了布拉格，达摩克利斯的利剑从天而降，斩断了人们的希望。二十年后，示威的人群再次走上街头，抗议苏联的占领行为，要求自由与公民权利。1989年，作家哈维尔率领人民掀起了“宪章77条”运动，警察的严厉镇压，没能阻止星星之火的燎原之势，“天鹅绒革命”最终导致捷克斯洛伐克极权制度垮台……

我去布拉格的时候，正是寒冷的冬季，气温零下十几摄氏度，口里哈出的白气，似乎也有结冰的可能。同伴们都不愿意在户外行走，全躲进咖啡馆去避寒。我一个人疾行在通向城堡的查尔斯桥上，望着远处金色的宫殿闪烁着迷人的光芒，听着桥上飞旋的鸽子咕咕鸣叫，我的心真是充满喜悦。那是怎样一个迷人的下午，我心里体会到的是布拉格的春天！

2013年11月20日

# 希腊神话故事二则

希腊，一个人人都向往去的地方，因为那发散着璀璨光芒的古老文明，那些在地中海的暖阳下熠熠发光的美丽建筑，那一个个令人心醉的神话故事。我这就选两则希腊神话讲给你听。

## 奥菲尔的爱

这是希腊神话中一个忧伤之极的故事。



半人半神的奥非尔有着极高的音乐天赋，他吹的笛声使动物翩然起舞，使花木繁茂盛开，使所有听见的人心驰神往。

奥非尔和美丽的尤瑞蒂丝相爱了，他们两情缠绵，彼此爱恋，奥非尔时时用他充满魔力的笛声，表达着对爱人由衷的眷恋。

就在他们准备结婚的那一天，尤瑞蒂丝采花时被毒蛇咬伤。那毒实在太甚，她终于离开了她最心爱的人下到了阴间。

奥非尔痛不欲生，吹着他的笛子在地上游走，他想用笛声再次唤回他的爱人，他悲伤欲绝的笛声使所有听见的人为之动容！

终于，管辖阴间的神上来对他说：“以前从没有过先例，死了的人还能从阴间回去，只因你的笛声太过震撼，我们决定将尤瑞蒂丝归还你。但是有一个条件，你来地下接她上去的时候，只能用你的笛声引领她，千万不能回头看她，直到你升上地面之后，否则，她再也无法上去，你将永远失去她。”

奥非尔欣喜若狂，他按照吩咐来到地下，用充满柔情蜜意的笛声引领着亲爱的人往地面上走。那条通向地面的路漆黑而漫长，他看不见爱人，也不知道她是否真的跟在后面，多少日子的离别，多少日子的思念，爱恋和难忍在他心头积压，就在他即将走出洞口的一刹那，他实在忍耐不住，回头看了一眼。就这一眼，他看见他朝思暮念的尤瑞蒂丝向他伸出绝望的手，他听见她的唇齿间剥落一句伤心欲绝的话：“亲爱的，永别了……”随后，那个美丽的身影渐渐远去，重新飘回到地的深处……

可怜的奥非尔，最终失去了生命中的所爱，只因情之太深，爱之太切！

六百年前，一位意大利作曲家蒙特维尔蒂，将这个神话故事谱写成历史上第一部歌剧，拉开了现代音乐的序幕。

## 我的爱人将永葆青春

这一则希腊神话，充满着人间的哲理与悲情。

一位天上的女神爱上了一个地上的男子，女神对男子说：“除了我不能把你变成神以外，其他的心愿我都能满足你。”这位地上的男子也深爱着女神，希望和她在一起，永远相守。于是他说：“你是神，可以长生不死，请你也让我长生不死，我们的爱就可以地久天长！”女神满足了男子的心愿，赐给了他永远的寿数。

可是，这位男子在提出心愿的时候，忘了同时再要一样东西，那就是永远的青春。他虽然拥有了长生不死，但随着时间的消逝，他的青春渐渐离他而去，他的朝气，他的活力都消耗殆尽，他最终只能整天躺在床上，看得见爱人就在身边，却连抬手的力气都没有。这是何等悲凉的一幕，他永远不死，却永远衰弱下去！

想起《圣经・传道书》里所罗门的名言：

凡事都有定期，
天下万物都有定时。
生有时，死有时，
栽种有时，拔出栽种的也有时；
杀戮有时，医治有时，
拆毁有时，建造有时；
哭有时，笑有时，
哀恸有时，跳舞有时；
……
寻找有时，失落有时，
保守有时，舍弃有时；
撕裂有时，缝补有时，
静默有时，言语有时；
喜爱有时，恨恶有时，
争战有时，和好有时。

上帝创造万物，各按其时，成为美好，有些规律，人是不可逾越的。

人都指望长生不老，可是没有了青春的朝气，没有了生命的活力，永远的寿数，又值几何？

还要提醒那些过生日、吹蜡烛的孩子们，千万要谨慎，不可妄求心愿的实现，有时候，一个心愿的满足，会让你悲剧一生！

就在我沉浸在这个不可遏止的悲情中冥想的时候，遥远处传来七夕中鹊桥爱语的低吟，我忽然明白了，虽然现实中的人生，真的就如希腊神话故事所体现的这份残酷悲情，但人类的智慧，总能找到某种超越的方式存留美，传达希望！

莎士比亚十四行诗中的一句是我的深爱：

我的爱人将在我的诗篇中永葆青春！

2012年8月4日

# 忧伤中我们拥抱春天

——访9·11纪念馆

去纽约之前，第一件想到的事，就是去看看双子塔的遗址，听说那里建了一座9·11纪念馆。

如果我们的记忆还没有生锈，我们不会忘记2001年9月11日这一天美国发生了什么事。有四架民航班机在美国领空被恐怖分子劫持。这些自杀式的人肉炸弹绑架着飞机，一架撞上了首都华盛顿的五角大楼，一架撞上了纽约世贸大楼的北塔，另一架撞上了南塔，还有一架因机上乘客的反抗，最终在宾夕法尼亚州坠毁。那是一个恐怖悲伤的日子，世贸大厦的两座双子塔先后倒塌，三千无辜者一日内丧生，美国全国也进入紧急战备状态。

我曾在1993年夏天去纽约，亲眼目睹过世贸大厦无与伦比的壮丽辉煌，暮色中的北塔、南塔灯火通明，显示着现代文明的蓬勃生机。我又在2002年3月重访纽约，看见的却是双子塔那一堆庞大的废墟，残砖断瓦，满目疮痍。那一刻我无法抑制心中的悲伤，无法理解这个世界何以存在如此巨大的邪恶，无法释怀那一天之内丧失的三千无辜生命。“9·11事件”已经过去了15年，当我再度来到纽约，重新站在当年双子塔的遗址上，我不敢相信自己的眼睛！

我的眼前是两个巨大的方形水池，水池四壁有瀑布垂直而下，那轰然作响的水声在曼哈顿城中心的嘈杂喧嚣中，听起来竟是一种沉郁的悲鸣，它唤起一种似乎已经遥远，却又近在眼前的忧伤记忆。想起以前在一本关于建筑设计的书上看到过，水流声在纪念性的建筑中出现常常象征着悲伤，而眼前这两个水池中飞溅而下的流水，正是带着浓重的寒意与簇新的忧伤，它不像是从我的身前涌出，而是仿佛从我腹腔中喷薄而出的。你可能猜到了，这两个巨大的水池就是双子塔的地基。高耸入云的两座世贸大厦顷刻间倒塌，废墟清理干净之后就成了两个巨大的深坑，仿佛子弹穿过人体留下的不可愈合的深洞。这两个深洞承载着太过沉重的悲伤，因为三千个罹难者的姓名全都刻在黑云石砌起的水池四壁上。那些冰冷的字母代表着每一个曾经有温度的鲜活生命，他们的亲友常常到这里来寻找他们的名字，缅怀他们的生平，互相诉说他们活着时候的故事。即便像我这样陌生的旅游者来此站立片刻，也能感受到心灵的激荡，感受到同为人类共有的心肠：有谁能承受一瞬间失去亲人之痛，更有甚者，又有谁能接受以9·11这样的方式失去！

如果说，这两个大型水池只是9·11纪念馆的序篇，那么不远处的地下展厅则带你进入真正的忧伤叙事中去。这里是9·11纪念馆的主展馆，占地约1万平方米。我看见入馆处有一条长长的楼梯转入地下，旁边却放着一截由原世贸大楼里移置过来的“救生梯”，仿佛在告诉人们：你现在要去的地方，当年有那么多人未能从那里生还。

地下展厅的展品分为两类，其中一类是旧世贸大厦废墟里的遗物，有已经断裂的高大立体方柱，有被高温焚烧之后的像卷发一样弯曲的钢筋，还有大堆的水泥、沙土。这些巨型废墟物，随意散置在必经的楼梯扶手或转角旁，让参观者伸手可触，而当你真的伸手去触摸的一刹那，会感到一股巨大的忧伤扑面而来，令人几乎难以喘息！而展厅里的另一类展品看了更叫人心碎，那是一些细小的物品，陈列在橱柜或桌子上，有棒球手套、水杯、芭蕾舞鞋等，还有一个挂满衣服的衣架，上面落满厚厚一层灰烬！这些物件的主人都已在灰烬里陨灭，人们只能通过这些平凡而真实的遗物，怀想他们的生平。而这些人的生平，每一个，都可以在地下展厅中间的一个馆中馆里查到，那间屋子里放着好几个平面电脑，你可以随意点进一个死难者的姓名，他们的生平资料就会昭然若揭，任何一个死难者的名字也都可以在四面墙上找到，那四面墙，密密麻麻地悬挂着3000名死难者的照片，一张连一张，铺满整个墙面。当那一张张平面的遗照，通过电脑资料的叙述，呈现出一个个有血有肉有气息的生命时，我真的被哽住了，眼里几乎流出泪来。幸好这个馆中馆空间足够大，让情绪有宽敞的疏散余地，不然一颗心真的会被

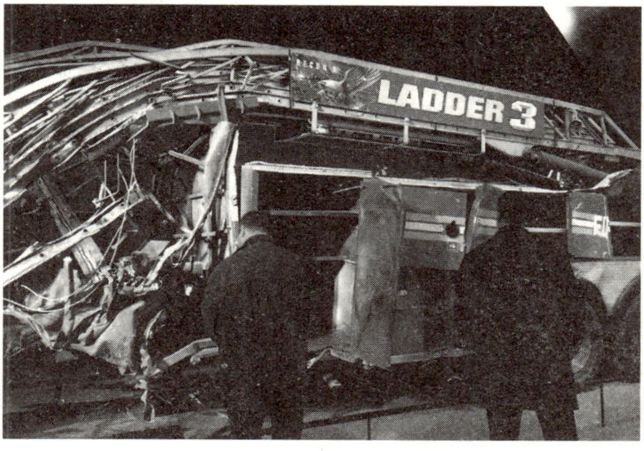


9·11事件中被大火烧毁的钢筋

黑洞一样的沉重压到碎了为止。

我曾听说这个纪念馆的建筑师是一位“解构主义”大师，也曾去网上查询“解构主义”的确切含义，除了了解到“解构”就是“结构分解”的意思，以及其创始人是哲学家德里达之外，其他的解释我都不得其要。然而看完9·11纪念馆，我却感受到了建筑师的煞费苦心。设计这样一个灾难纪念馆，如何做到恰如其分？如何避免美式自大或被迫害狂的思维？如何躲开民族主义、爱国主义的陈词滥调？更如何不去渲染仇恨？建筑师利用巧妙精准的陈列设计，让参观者从周围环境里呼应出感情，同时又借着无比宽敞的空间设计，以及一系列暖黄色的灯光，和蔚蓝如晴天般的色彩，为抑郁的情绪提供了疗愈方向，更是用一个个普通人生命的真实，凸显了生命的无比价值，将一场灾难性事件，渗进了某种废墟中呈现的史诗般的美感和另一种清新的安慰，同时隐隐指出了文明的反思。也许我们早已习惯了“国仇家恨”似的思维方式，以此为主题去建9·11纪念馆，似乎理所当然，但我们却无法理解隐含信仰意味的宽容，无法真的相信有人会在失去了最亲爱的人之后说出“我们没有时间去仇恨……”之类的话。然而，这个9·11纪念馆不是为仇恨而建的，正如纪念馆的首席执行官约瑟夫·C·丹尼尔所说：“我们建造纪念馆的终极目的，是为了保证我们孩子的孩子的孩子都知道这个国家在9·11中的经历，同样重要的是，还要让他们知道，我们曾怀着绝对无限的同情，互相团结，彼此帮助……”

走出地下展厅，我又回到那两个巨大的水池边，飞流急下的瀑布，仿佛要将我刚刚经历的一切不愉快统统带走，所有忧伤、痛苦、愤怒、仇恨的情绪似乎也都可以在此得到抚平。我脚下的这片土地，虽曾经历过死亡，但不也正在迎接新生吗？我看见两座水池中间有一棵树，人们在它的周围放满了鲜花，这棵树被称为“幸存树”，它是在9·11事件之后，被人从世贸遗址的残垣断壁中发现的。我实在难以想象，在烈火硝烟的煎熬中，它是如何得以存活的？难道真是上帝在它周身笼罩了一层坚不可摧的保护，以至于它可以在四周一切都趋于毁灭的时候，仍旧不屈不挠地活下来？这是否也是一种象征，象征着上天的恩慈无所不在，象征着这个世界虽然充满邪恶，但它仍旧掌管在至圣者的手中。这棵“幸存树”让我想到，作为一个“幸存者”，我该如何像这棵树一样坚忍顽强地活着，如何为人间的春天发芽吐绿。

是的，此刻正是冬天，寂寥的天空漂浮着几朵铅灰色的阴云，然而在那云层的后面，正有一轮暖阳即将破云而出，提醒世人去拥抱将要来临的春天。



2016年4月16日

# 情系西方雅图

## 薰衣草的情怀

在好友的空间里看见一套薰衣草的图片，紫色系列一望无际，连着地，连着天。想想，那一株小小的薰衣草，何等纤细，而这一大片紫色的海洋，被人拍进照片里，需要有多少株那样纤细的小草相依为命？

薰衣草，其实不是草，星星点点的小绿叶上，顶着一小蓬紫色的花，就因为它太过纤细，太过微小，人们已经不把它当花，只当是草，只当是草，微不足道的小草！

据说，薰衣草的花语是“等待爱情”，就因你不起眼，就因你不足道，所以你就只有等待的份儿？等待花季的时候含苞怒放的一刹？等待路过的人们投来怜惜的目光？等待终于有人把你采在怀里，去向心爱的人表达爱情？哦，你不是春天的郁金香，你不是夏日的红玫瑰，你不是秋天的野山菊，更不是冬季里傲雪的蜡梅，你命里注定只是一株小小的小小的薰衣草，你只能在无人注目的地方，久久地久久地等待……

前些日子，逛西雅图农夫市场一家花店，一个小小的角落，围了许多人，凑过去一看，人们在围观薰衣草！眼前的薰衣草，已不是新鲜活泼的气息，而是风干的枝叶和花朵，用一根细细的绸带，一小束一小束绑扎着，紫色的意韵尤在，只是失了从前的鲜艳，变得凝重而枯槁。在从前，没有樟脑丸的年代，为了防止衣橱里长虫子，人们用的就是这种薰衣草。围观的人们将一束薰衣草，放在鼻子前面闻一闻，啧啧称赞之后，很快就掏出钱包，付款完毕，个个都小心翼翼地捧着薰衣草离开人群，脸上带着心满意足的笑。

我也拿起一束薰衣草，还未及捧到眼前，一股浓郁的香气已经扑鼻而来。这香气，浓而不刺，香而不腻，放在衣橱里，什么虫子都不敢近身，被它薰过的衣服穿在身上，散发出的香味比世界上任何上好的香水都好闻。

我在想，枯干了的草，还能保存这样浓郁的香，在它活着的时候，要积攒多少生命的能量！哦，薰衣草，你等待一生，难道就是为了此刻的浓香一瞬？这是何等动人的情怀！



好友在说说里这样写道：“薰衣草的花语：等待爱情。那么，你在等谁呢？”你是在问自己吗？哈，此刻你问自己在等谁，其实爱情已经悄悄钻进你心里啦！但愿你也有薰衣草的情怀，美丽的爱情就会对你青睐！

## 告诉你，我多想念你

那天，和蓝姐去逛西雅图城中心著名的农夫市场，一家一家的小店，一排一排的各色商品，一群一群游逛的人，像中国的赶庙会，不同的是，耳朵里并不嘈杂，人们只是安安静静顺着人潮走，最大限度地发挥眼睛的功能，嘴却闭着，必要的时候，和旁边的人耳语交谈。

我问蓝姐："这里很多都是中国人的面孔，为什么人到这里都变了习惯？"

蓝姐说："可见习惯也不是不能改的，环境的因素很重要。"

中午，我们找到一家靠近海岸的法国餐馆就餐，服务小姐领我们到一张临窗的桌前。凭窗而望，是繁忙的港口，再望出去就是一片湛蓝色的海水，大小邮轮、渡轮在海面上穿梭而过。当我的目光越过渡轮，继续往前延展的时候，心里不免"咯噔"了一下，再过去就是太平洋了，太平洋的对岸就是我来的地方，那地方我才去过，那里的人也都刚刚有了新的连接……

我随手打开手机QQ，忽然看见大洋彼岸的好友们在我空间里的留言，心里顿生温暖，哦，亲爱的朋友们，我们虽然离得那么远，心却如此近！环境，环境能改变很多事情，却改变不了我们共同拥有的过去，改变不了过去那段像根一样的东西。

我会将你们永远记在心里，不需要在嘈杂的人群中喊叫着表达，只需藏在思念的深处，偶尔，一句耳语，告诉你，我多想念你！

## 裸奔的女子

在西雅图城中心的农夫市场闲闲地逛，就逛进了一家巧克力专卖店。

一向不大爱吃甜食，却对巧克力情有独钟，而所有巧克力中，又独喜欢 Godiva 巧克力，心里知道自己，不仅是因为这种巧克力的口感好，一小块含在嘴里，醇香浓郁连肠胃都要化掉，还因为商标上那个女人，那个故事中叫“Lady Godiva”的女人！“Godiva”这个字在古老的英文里是“上帝的礼物”之意，而这个女人，葛黛娃，正是上帝赐下的礼物！

我在货架上慢慢寻找，很快就找到了那个商标，商标上的女人，双目微垂，一头秀发遮住了半边面颊。她是一个活在 11 世纪的贵族女子。天呐，已经过了一千年，可人们依然记得她，记得她曾经留下的令人心动的传说。

传说葛黛娃的丈夫是旧时英国一个城堡的主人，当时他的税收压得整个城堡里的百姓喘不过气来。葛黛娃看着百姓的疾苦，心生同情，多次请求她的丈夫给百姓减税，都遭到丈夫的拒绝。最后一次，她丈夫不知动了哪根坏神经，对她说，如果她愿意裸体骑马在城街上跑一趟，他就减税。

葛黛娃深深地盯了丈夫一眼，转过身去。

第二天早上，葛黛娃将盘着贵族式样的发髻取下来，一丝不挂骑马出了城堡的门，马蹄“得得”响遍街巷，护卫着她周身的是那一头当风的秀发。

也就在那天，城里的百姓都知道葛黛娃在为他们请命，所有人都相约了，将自家的门窗全部关好，绝不用目光亵渎这位神圣的女子。

还是在那天，有一个叫作汤姆的小男孩，禁不住好奇，将糊纸的窗子戳破一个小洞，从小洞里望出去，望见了奔跑的快马，和长发裹身的葛黛娃。从此后，英文里就留下那个谚语，叫“偷看的汤姆”

(Peeping Tom )。

葛黛娃的丈夫终于被妻子的勇敢所打动，在惊讶与钦佩中实践了自己的承诺。

这就是葛黛娃，那个印在Godiva巧克力商标上的女人；那个在英国著名的博物馆里都珍藏着她的油画和雕塑的女人；那个从一开始听到她的故事，就在我心中打下深深烙印的女人……

那天，在西雅图城中心的巧克力专卖店，买了一块葛黛娃巧克力，轻轻咬下一小口，幽幽地含着，什么东西开始慢慢地化开，先是在口里，后来在心里，像湖中的轻涟，一层一层荡开了去……

## 他有一颗肉长的心

西雅图是个有山、有湖、有海的城市，在湖与海的交界处有个著名的景点，是一个水闸门。这个水闸以一个人的名字命名，称为“Hiram M · Chittenden Locks” 。这么长一个名字，我们就简单叫它“齐先生的水闸”吧。

这位齐先生是美国20世纪初的一位水坝建筑工程师，在他建造水闸之前，由于海水和湖水的水位有落差，造成船只运输的困扰，湖里也常会发生海水倒灌的祸害。齐先生 1906 年来到西雅图之后就寻思要在湖与海的接口处建造一座水坝，靠水坝上的闸门调节海水与湖水的落差，保持湖面水位不变，这样，不但避免海水倒灌，又可以使出入海口的船只随时自由进出，这对经济发展是极其有利的。有了这个想法，齐先生很快付诸实践，水闸终于在1917年建成。

如果故事仅到此为止，齐先生和历史上任何一位聪明、能干、将专业技能为民服务的工程师没什么两样，我也不会浪费笔墨去描写一个对我来说无关痛痒的水闸。

当我来到水闸参观的时候，看见巨型闸门的旁边有一条激流中的通道，一级一级拾级而上的台阶，从海水这边通到湖水那边，一条一条的鱼正借台阶一级一级往上跳，有的好不容易跳了几级，被激流冲下来，游进台阶旁边的小水槽里休息一会儿，再鼓足力气，锲而不舍地往上跳，最终从海水跳进湖水里。这个奇观引起我极大的兴趣！

听了讲解才知道，那些鱼是鲑鱼（Salmon）。鲑鱼，人们都认为它是海鱼，其实鲑鱼真正的故乡是淡水湖。它们出生在淡水湖里，母亲将它们产下之后，从此不吃不喝，慢慢死去，将自己的身体变成养分供给小鱼们吸收、长大，当小鲑鱼长得足够强壮之后，它们会凭着灵敏的嗅觉，闻着海腥的气味，离开淡水湖朝着海的方向搏击。就像人，长大以后总要离开故乡，去遥远的地方闯荡。当闯荡了足够时间的鲑鱼在海里生命成熟之后，原生地又在呼唤它们，在繁殖的季节，它们又要拼死拼活地回归初始之地，在淡水里产下新的一代，然后慢慢死去。也像人，到年老的时候，就想着叶落归根。鲑鱼的生命一代一代就这样周而复始，生生不息。而谁能想到，水闸旁边那条逆流而上的通道竟是当年的建筑工程师为鲑鱼准备的回家之路！

一百多年前，建造水闸的齐先生心里想：如果海水和湖水之间被一道人为的闸门封死了，产卵的鲑鱼怎么回得了家？吃着母亲的身体长大的下一代又如何游往大海去经受历练？思考良久，他想出办法来，在大水闸的旁边，开出一条小通道，因为水流湍急，齐先生在这条通道上造了无数的小台阶，小台阶旁边有一个休息的小槽。齐先生想，当鲑鱼跳上一级台阶之后，可能会累，累了的鲑鱼可以停在小槽里休息一会儿，不至于被激流冲走，休息好了，还可以接着再跳。就这样，在现代文明建筑的巨型水闸之旁，有了一条鲑鱼返家的路。一百多年来，海水中每年都有成千上万的鲑鱼经过这条通道返回家园，安息在它们生命的最后归宿。

我不知道鲑鱼们懂不懂得感恩，我却被这位上个世纪初的建筑工程师柔软的心肠深深感动，那个时候的人不会讲"环保"这个字，他有的，只是一颗肉长的心。

## 夏日与雪山同在

写了好几篇西雅图，总觉得没完，好像还欠着一篇。看到好友Tiger对空间里一张照片的评论："夏日与雪山同在，美！"忽然领悟，对，就是这篇，夏日与雪山同在！

去登那座雪山的时候，是西雅图初夏的季节，空气中的温度已是夏天，但覆盖了一个冬天的白雪，依然茫茫一片。绕山的小径被白雪遮盖着，看不见道路，只有前面人留下的脚印为后来者提供着前行的方向。

踏着这些脚印绕山而行，在这样初融的积雪中走，常有滑脚的危险，每一步都要踩实了，才可以抬腿迈出下一步。这不仅考验人的体能，也考验你脚上的鞋子。我是来之前就有准备，穿了一双特殊的登山凉鞋，所以走起来还算稳健。

走走，停停，看看一路的风景，除了山坡上的松树绿荫成片，地上始终是皑皑白雪，时间长了，眼睛有些疲倦，腿也有些发酸。正在身心疲惫之际，忽然看见不远处的山坡上有一点不同的颜色，那是一小块化了雪的黄土地，就是这么一点点地方，竟开着一种白色的花，厚实凝重的花瓣，正是这高原雪地孕育的生命！我想起刚才在山下访问者中心看见的资料，这是在雪山上盛开得最早的一种花，我们叫它“白头翁”，其实就是高山上的雪莲花。这时候才注意到，其实山坡上只要有化雪的地方，都盛开着雪莲花，只因它的颜色融在雪地里，不大容易分辨。山下的资料告诉我，随着雪莲花的盛开，再过一个月，当积雪全部消融之后，漫山遍野将是开不尽的花朵，看不完的颜色！我无法想象，那么多的品种，那么多的色彩，将绵延的山峰装扮起来会是怎样的一幅图画，光是看图片上那些巧夺天工的花的造型，我已经沉浸其中，妙不可言！而这“白头翁”，高山上的雪莲花，竟是报春的啼鸟，花季的先锋！

望着这些在寒冷的雪地里坚强隐忍的小花，心里忽然生出一股力量，生命中有时候很难，难到自己都想要放弃，此刻这力量却告诫自己，无论如何都要坚持，坚持走完这条崎岖的路，坚持登上山之巅，那时候，可以拍下一张照，留住一个永恒的瞬间，你会为自己自豪！



怀着这样的遐想，我终于登上山顶。站在高山之巅，清风抚面，心里的愉悦难以言表，望着对面的山峰，依然高耸，忽然心念一动，它和我隔了多少的距离，却还是这样近在咫尺！两座山峰难道也有相通的心？竟是这样心有灵犀，天涯若比邻！

再想想这夏日中的雪山，多么不可思议的美景！看到夏日，人们想到的是酷暑炎炎，看到雪山，又给人冰天冻地的联想，这两个风景是那么矛盾，那么不融合，然而造物主却将两个极端不同的景致配在了一处，配得那么精彩，那么和谐。

我忽然明白了，什么叫作“时空的超越”，夏日与雪山同在，正是一种超越时空的美啊！人间某些情境也是超越时空的，虽然并不多见，遇见了，就是上帝赐给你的礼物，悉心珍爱吧，在超越的意境里，不求被它拥有一世，只求用心爱它一生！这也是一份孕育，经历这个过程，生命里的粗糙渐渐去掉，心的原野，将绽放最美的花季！

2016年8月

# 洛杉矶的汉庭顿

洛杉矶有一个地方叫“汉廷顿”（The Huntington）。全名是：汉廷顿图书馆、艺术馆及植物园。如果你去洛杉矶，你又对藏书、艺术、园林、植物感兴趣，那我强烈推荐你去这个地方。即便你只是一个普通的旅游者，花20美元门票，在花卉盛开的园林清幽漫步，在草木茂盛的小径疾走徐行，累了就回到室内，徜徉于藏书与绘画之间，保管你这一天过得充实愉快！



## 莎士比亚园

三月的洛杉矶，经历两天大雨的洗涤，空气十分清朗，我在和暖的阳光中漫步于汉廷顿花园。此时随处盛开的是茶花，芬芳扑面而来，那摇曳枝头的硕朵令人惊喜。沿着花园小径向前行，第一个经过的是莎士比亚园，为什么给这个园子取名“莎士比亚”？原来，这个园子里的每一种花草，都是莎士比亚戏剧里提到的，因此在每种植物的说明牌上，都有莎士比亚戏剧里包涵花草的一行诗！多么有趣的构思啊，花草园艺与文学，就这么巧妙地融合在一起了！

## 玫瑰园

出了莎士比亚园，就进入了玫瑰园，这个园子不大，展示的却都是2000年以来玫瑰历史上的稀珍品种。还没到玫瑰开花的季节，我只能靠阅读每一个说明牌上写着的名字，来想象这株玫瑰的样子。有的名字叫皇后，有的名字叫公主，你可以想象那玫瑰的雍容典雅，或者美丽绝伦。忽然看到一个牌子："Chrysler Imperia"，这是一个早年汽车的品牌，为什么竟然用在这里？一位园子里做义工的老先生讲了一个有趣的故事：当年园子里的园丁培育出一个玫瑰新品种，园丁很喜欢"Chrysler Imperia"这种车，他很想给他的新玫瑰用这个名，于是写信给汽车公司。公司回信说，我的汽车跟你的玫瑰有什么关系呢？不同意！园丁不死心，给汽车公司寄去一打玫瑰。很快公司来信了，说这么香这么美的玫瑰，配得上这么好的名字！从此园丁的玫瑰就用了汽车的名字，而这种浓香四溢，硕朵惊艳的玫瑰也很快成为当时最受人们喜爱的新品种。故事还没完，一天早晨，园丁起床后，穿着睡衣去信箱取报纸，刚打开门，就看见两辆崭新的汽车停在家门口，汽车的颜色竟然和他玫瑰的颜色一模一样！他万万没想到，这是汽车公司送给他和他太太的新年礼物！

听完这个故事，我的心被一种柔软的东西触摸了一下。这个园丁和汽车公司之间并不存在交易，而汽车公司的慷慨一定和公司里某位大老板有关，应该就是这位神秘的、充满温情的、懂得玫瑰花语的人，做出了这个慷慨的决定！你也许会以为他用他的慷慨奖赏了辛劳的园丁，而我却觉得，一定是那一打会说话的玫瑰，在他心里荡起了某种温情，他是用一颗柔软的心，表达了对园丁深深的谢意……

## 日本花园

穿过一片清雅的竹林，再走过一个纯木头搭建的半圆形拱桥，前面就是深具东方神秘色彩的日本花园。日本花园开得最艳的是樱花，前两天的雨，摧残了无数花瓣，满地落红，竟是一番凄清的美。

站在拱桥上眺望，绿荫掩映处，有一幢棕色的小木屋，是日本乡间典型的木结构房屋，据说这幢小房子原来坐落在日本京都，园林主人把房子买下来，然后一片瓦一堵墙地搬到了洛杉矶。可以想见，若不是园林主人对异国文化有特殊的喜好，谁又会甘愿花这么大的代价呢？

## 流芳园

出了日本花园，从樱花夹道的小径往东走，你会来到一大片还没有修缮完毕的园林。容我在此多费一些笔墨，因为这个园子好像与我有某种生命的关联，它恰恰是按照我们祖先的文化建造的！

这个占地面积多达12英亩的园子有个好听的中文名叫“流芳园”，这个名字，有没有让你感受到扑面而来的人文气息？你一定很想知道它所包含的文学与象征的意义。“流芳”一词有“香气弥漫”的意思，意指园中各种花草树木，比如松、莲、梅等等散发出来的芬芳。而这两字直接出自的典故却是诗人曹植《洛神赋》中的句子，“步蘅薄而流芳”，形容洛神步履轻轻，穿越芳草，飘动的身形送出阵阵幽香。另外，“流芳”也使人想起明朝山水画家李流芳的名字，而眼前景观正可与画比美。

中华文字总是有多层次的文学内涵，园林的芳名取得好，着实可以增添人们欣赏的乐趣。当我流连于园中的亭台楼阁，小桥柳径，每一处景致配上内涵丰富的名字，真觉得妙趣横生。流芳园里大部分的建筑都是以植物花卉作为装饰主题，“玉茗堂”一听就是茶馆，里面随处可见茶花图案的木雕，门前一幅对联：入口百忧去，一笑大江横。“三友阁”则有岁寒三友的图饰，与旁边种植的松、竹、梅争相呼应。松与竹四季常青，而梅花则不畏严寒，傲霜斗雪，这三种植物在中华文化中都象征坚韧不拔的精神。“玉镜台”由四面圆形的拱门围绕而成，恰是一轮皎洁的满月，“玉镜”正是满月的别称。“爱莲榭”在“玉带桥”的对面，从桥上观看荷塘环绕的亭榭，真能体会当年周敦硕（1017–1073）在《爱莲说》里写的话：“予独爱莲之出淤泥而不染，濯清涟而不妖。”想来，“爱莲榭”的典故就出于此吧。还有“景云壁”“清芬斋”“迎鹤洲”“水云廊”“芭蕉院”“活水轩”……这一个个韵味无穷的名字直教人浮想联翩！

写到这里，我的心头忽然一紧，想起小时候我生长的环境，那个谈不上十分美丽，却也与自然景观相依相存的南方小镇，有夕照下的青松林，有月光中的荷花塘，还有无边无际开满油菜花的田野，为什么从没听说一个美丽的名字？那个小镇有两条主街，一条叫“民主街”，一条叫“团结街”，不远处有一条河，名字叫“新河”，这应该也是1949年以后的名字，因为从那一年起，“新”中国成立了，一切都是“新”的了，或许还有“爱民桥”“建国路”之类的我不完全知道。包括人的名字，那时候出生的孩子，父母不再给他们取名“婉君”“伯豪”，而是叫“庆红”“解放”。那些晶莹剔透、美丽欲滴的名字，早已成为远古的传说。我们这一代人有缺失吗？缺失的是什么？如果真有一个文化断层，断掉的岂止是这些名字！如今许多人开始提倡复古，开始在文化断层的沧海中拼命打捞，捞上来的除了这些名字可供商家渔利，还有别的什么？我，无法面对这样的思想，无法从隐隐痛楚中回避一个事实，我们这一代人，经历的岂止是文化的荒凉？甚或还有反文化的行径已把我们塑造得面目全非？

也许我的思路离题太远了！在异国文化的土壤上，居然有这样一个古色古香的中国园林，虽然格局是按照苏州园林的建筑原理，但因她亭亭玉立在原有的自然环境中，近处茂密的树林，远处圣盖博山庞大的身影，都为它的娇媚增添豪气，使它比苏州园林更为壮观。我还有什么可说的呢？若上苍许可，我们祖先的文化总会有存留之地！

## 图书、艺术馆

在汉廷顿的全称里，图书馆是放在第一位的。这里有一个很特别的图书馆，珍藏着许多稀珍藏书与手稿，对于偏好历史与文化古迹的资深学者来说，这是全美国最大且最完整的专业领域研究所在地之一。且不说莎士比亚戏剧的早期版本，也不说牛顿的《自然哲学与数学原理》早期印刷本，光是那些羊皮纸上的片段圣经收藏，那些亚里士多德、牛顿、爱因斯坦、林肯、华盛顿的亲笔手书信件，看了就叫人赞叹不已。而最主要的收藏是《圣经》最早期的活体印刷完整版本，那可是1465年，和哥伦布发现新大陆同期！我去参观图书馆的时候，二楼没有开放，只在一楼的展示厅就看到许多稀有珍藏。你大概无法想象，这里所有的珍藏加起来，共有九百万件！

距离图书馆几百步远的建筑是汉廷顿的艺术馆，建于1911年，是全美国最好的几个欧洲艺术收藏之一，里面有许多18世纪英国和法国的艺术品，包括那幅享誉全球的名画《蓝色男孩》，这幅画的珍贵度仅次于《蒙娜丽莎》。这个55000英尺的大展厅，陈列了不下1200件艺术品，从15世纪的荷兰、意大利绘画到19世纪英国作品，其中收藏最多的是人物肖像画。

## 汉廷顿先生

也许你要问，从图书馆到艺术馆，再有那么一大片奇花异卉的植物园，究竟需要多么庞大的经费支持？而汉廷顿的创始人又是谁？这又是一个美国式大富豪的故事。

汉廷顿的创始人是亨利·爱德华·汉廷顿先生。他出生于1850年的纽约，22岁时到旧金山为他叔叔打工，他叔叔克里斯·汉廷顿拥有当时最大的太平洋铁路公司，他对待亨利也像是对待自己的亲生儿子。克里斯的第一任太太生病去世，他娶了照顾他太太的护士为第二任妻子，这位护士小姐比克里斯叔叔小三十多岁，跟亨利的年龄相仿。叔叔去逝的时候，留下了几千万美元的遗产，相当于现在的3亿美金，有一半给了侄儿亨利。1902年，亨利搬到了洛杉矶，开始建造图书馆和艺术馆，将他的珍藏向公众展示。1913年，亨利与那位继承了他叔叔另一半遗产的护士结婚，因为他们在收藏方面有共同的爱好，她为汉廷顿艺术馆的发展也起了极其重要的作用。亨利死于1927年，他的所有资产都留给了他的护士太太，使得她成为当时世界上除英国女王之外最富有的女人。这女人三年后也死了，这笔庞大的资金就成了汉廷顿图书馆、艺术馆、植物园的发展经费，直到今天。当然在这个漫长的过程中，不断有每个时代的富人捐款，我们前面了解到的“流芳园”，首期工程所得到的捐助就有三千多万美元。

这再一次应验了西方20世纪自由派经济学大师海耶克的洞见：一个均贫富的社会，对保存和发展文化遗产是不利的。只有一个公正自由的社会，一个鼓励人们用合法的方式追求财富的社会，一个允许人们可以按照自己的爱好兴趣去使用财富的社会，才会因为个人的努力，让人类共同的文化遗产得到保护，并叫个人的爱好使整个社会受益。这令我想到民国时代的张伯驹，他为了让国宝不至流于海外，倾注所有家私，重价收藏，可是后来这些国宝都流落到哪里去了？

我在想：能够产生亨利·汉廷顿的国土自然能够建造“流芳园”，而“流芳园”所代表的国土，如今有越来越多的富豪产生，多么希望他们中间能出现一批亨利·汉廷顿！

2014年12月1日

# 毕特摩庄园

在北卡罗来纳州的Asheville，有一个毕特摩庄园（Biltmore Estate），是凡德毕尔（Venderbilt）家族的私人领地，占地面积8千英亩，大约32平方公里。没有身临其境，你没法想象这里壮观的美景。我是在2013年秋天到这里来住了一星期。大片大片的原始森林，连接着阿巴拉契亚山脉，秋光中，各类树种呈现出的不同色彩，真像打翻了上帝手中的调色板。以前一直看别人在网上转来转去的美景图，现在看看自己拍的照片，一点也不逊色！

毕特摩庄园以毕特摩城堡（Biltmore House）著称，中文翻译成"城堡"，因为它的壮观实在堪称"城堡"，而英文只称"毕特摩屋子"，当地人干脆称它"那屋子"（The House），因为主人造它只为自己居住和招待朋友。而这一简单的目的，丝毫没有让主人在建造过程中有一点马虎，屋子从里到外每一个细节的完成，都体现出主人的文化修养、艺术品位和金钱的富足。

城堡的建造者乔治·凡德毕尔继承了祖上的一大笔遗产，他旅行多处，终于在风景如画的北卡州群山里买下了这一大片山林，他请了两位当时十分有名的建筑设计师和园林设计师，共同承担庄园设计工作，并于1889年开工建造，花了整整6年时间，完成了这项浩大工程。值得一提的是，他的园林设计师，就是赫赫有名的纽约中央公园的设计师之一。

城堡共有250个房间，其中33个卧室，43个卫生间，65个壁炉，3个大厨房，和1个室内游泳池。那时候游泳池并不普遍，室内加热的游泳池更加难得，光是这个游泳池的设备在当时就是极其先进的技术了。

乔治从小就跟父亲全世界旅行，一生中60多次穿越大西洋，也是艺术和书籍的收藏家，他最早收藏印象派绘画，藏书有2万3千多册，包括全世界8种语言。他从全世界各国运回来的建筑装修材料，包括镀金天花板，镶嵌着瓦格纳歌剧故事的浮雕壁炉，豪华精美的吊灯，整块大理石雕琢而成的浴缸，15世纪的壁毯、油画，用当时最先进的工艺织成的布料锦缎，我在他的书房里还看见一个中国明代的大金鱼缸。所有这些舶来品，使得这座城堡豪华奢侈，又充满丰富的想象力和历史文化艺术气息！



也许有人会说："毕特摩庄园是靠金钱和财富堆积而成，假如我也有那么多钱，我也能造出这样的城堡。"真的吗？

乔治·凡德毕尔不仅有钱，还有传承的家教，不凡的阅历，丰富的知识，卓越的艺术品味和鉴赏力，最重要的，他有谦卑而高贵的人品。

有一个故事：当年乔治先生经常在城堡里宴请宾客，他的客人多半是旅行家、艺术家、哲学家和成功的上流社会成员。有一次，客人们都已在餐桌上就座，等待佣人们送上食物。忽然“哐当”一声响，一个佣人在地板上滑了一下，端着食物的银盘子打翻在地，引起餐桌上的客人一阵骚动。乔治镇定地站起来，走到完全不知所措的佣人身边，仔细询问她是否受伤，并帮她将打翻在地的食物一样一样捡起来。这之后，乔治每次遇到这位佣人，都会站下来和她交谈，询问她的生活健康情况，多年以后，这位佣人回忆往事，仍然对乔治先生充满敬仰和感激。

在乔治先生的一间会客厅里，悬挂着两幅巨型肖像，一幅是城堡建筑设计师的肖像，一幅是园林设计师的肖像，在庄园修建完毕之后，乔治特别请人为这两位设计师画像，并悬挂在重要的客厅里，表达着他的敬意。这样的平民思想以及对劳动者的尊重，是每个时代都应该提倡的。

并不是谁都可能那么有钱，也不是有钱就能成就一切，所谓厚德载物当有它更深的含义。“厚德载物”一语出自《易经》，原文是：“天行健，君子以自强不息。地势坤，君子以厚德载物”。指道德深厚的人能承载世上的一切，无论是好还是坏。当我们来审视凡德毕尔家族富有后面更多的内容时，这一中国古老文明的智慧，可以为我们提供一个视角。

去毕特摩庄园参观，你有机会了解到凡德毕尔家族发迹的故事。凡德毕尔这个姓氏，是美国最古老的几个家族姓氏之一，早在17世纪，这个家族就从荷兰移民美国，家族成员分散在纽约附近，一直都不过是渔民和农民，直到庄园建造者乔治的祖父科纳里欧，16岁时改变了家族的命运。

这位16岁的少年从母亲那里借贷了100美元，去纽约码头做船只运输生意，发了大财，后来又做铁路运输生意，更是获得巨额红利。但让他真正变得有名的，是1873年他为田纳西州的中央大学奉献了100万美金，开创了家族慈善传统的先例，中央大学也因此改名为凡德毕尔大学。我始终不是很清楚，100万美金，早在1873年是个什么概念。

这位祖父，在他妻子53岁的时候，他拥有13个孩子，37个孙辈，27个重孙辈。他死的时候，留下1亿美元的资产全部交给他的长子威廉。尽管威廉在他父亲的眼里是个不适合做生意的人，但最终他还是将家族遗产翻了倍。威廉也像他父亲一样慷慨捐献，纽约的大都会歌剧院就是由他设立基金创建，另外，哥伦比亚大学的医学院最早也是由他创办。

威廉生养了8个孩子，乔治是他最小的儿子，他继承的遗产可能只是家族遗产的一部分，他用这笔遗产，建造了一个可以流芳百世的大庄园，这也是另一个意义上的文化传承。人们到这里来参观，看见的不仅是金钱与财富，更看见知识的保存，艺术的闪耀，文明的汇集。



我虽然没有看见资料表明乔治在其他事情上做过慈善捐献，但他在保护文物方面却做出过卓越贡献。

“珍珠港事件”爆发之后，美国对日宣战，美国政府怕日本的轰炸机会把目标指向首都华盛顿，于是，在一个月黑风高的夜晚，几大个集装箱的珍贵艺术品，从华盛顿艺术博物馆悄悄开进了毕特摩山庄，工人们在午夜时分卸下集装箱，将成千上万件珍宝藏进了山庄里一间隐秘的音乐室。直到二次大战结束，那时乔治因急性阑尾炎已经过世，他的妻子将所有艺术品，完好无缺地还给政府，没有要政府一分钱的储存费。

从凡德毕尔家族三代人的财富，我们看见三代人的“厚德”，除此之外，我们是否还能看见一个隐藏的事实：在一个合理的社会，人靠自己的聪明才智和劳动力赚取来的财富，是这人首先为社会做出了贡献之后，社会对他的奖赏，这个概念，只有在一个公平竞争的社会环境里，才能被人接受，不然，你赚取的财富很容易遭人怀疑，被人嫉妒。一个合理的社会，不但提供创造财富的目标，也提供获取财富的合理方法，同样也为财富的占有者指出一条回馈社会的途径。一个自由合理的社会，有法律保障人们挣钱，也有信仰鼓励人们作慈善。他们之所以做得好，个人修养是因素，社会环境是关键。由此可见，“厚德载物”这个词不仅可以应用于个人，同样也可以应用于社会的。

2014年4月15日

# 走在查尔斯顿的街道上

当你行走在这样的街道上，你看见马车和汽车同行，汽车跟在马车后面慢悠悠地走，既不按喇叭，也不忙超越，最多在某个拐角处，选择另一条道路，与马车分道扬镳。你看见城市的敞篷游览车，不紧不慢地从你身边驶过，车上的导游手持小麦克，眉飞色舞地讲述着城市故事，而敞篷车上的游客，也会快乐地朝你挥手。你又看见街两旁的建筑，每一幢外形都各不相同，有些墙面故意保留着斑驳陆离的痕迹，让你体会历史沧桑感，而有些房屋顶上早已爬满了古铜色的枯藤。你甚至看见，有些街巷里竟然不是现代人走惯了的平坦柏油道，而是几百年前的青砖路，因为年代久远，地面已经凹凸不平，你还得留意砖缝间长出来的青苔，免得不小心滑在上面摔倒。

哪怕你是来自纽约曼哈顿的打工族，早已习惯了行色匆匆，又哪怕你很久没有放松自己，在忧愁挂虑中心事重重，而当你行走在这样的街道上，你一定会情不自禁地放慢脚步，情不自禁地对周围一切产生好奇，情不自禁地想着：这个城市，为什么如此迷人？

当我走在查尔斯顿（Charleston）的街道上，我就是这样想的。

查尔斯顿，是美国南卡罗来纳州的一座城市，它被好几家旅游杂志评为北美最迷人的旅游城，不是之一，而是之首。它的迷人之处到底在哪里？

查尔斯顿建于1670年，最早是由一群英国人建立，他们中大多数来自一个英国的小镇，也叫“查尔斯顿”，他们思念故土，结果把美洲大陆上这个新城也命名为“查尔斯顿”，成为英国殖民地的一部分。了解美国历史的人都知道，在美国独立战争期间，这里曾发生一场惊心动魄的“查尔斯顿围城战”，英国国王派军舰围攻查尔斯顿城，城里居民厌倦了继续被英国国王统治和奴役，他们为自由奋起抗争，结果大获全胜，最终让这个新的“查尔斯顿”城飘起了自由的旌旗。

不但是独立战争，在南北战争期间，查尔斯顿也是一个名闻遐迩的地方，因为打响南方军队反叛第一枪的地点，就在查尔斯顿离海岸不远的一座古城堡里。

古老而陈旧的历史故事，重大事件的发生地，古炮台的遗址，所有这些历史的遗迹都给查尔斯顿穿上了一件神秘的外衣，而这个城市长久以来被悉心保护的城市建筑，更加有着迷人的光彩。

我在查尔斯顿下榻的旅店是百老街116号。这其实不是一个现代意义上的旅店，只是一幢私人住宅，里面有18个房间出租给游人。奇怪的是，虽然旅店不大，却成为查尔斯顿最令人兴奋的下榻之处。原来，这不是一般的私人住宅，而是南卡州第一任州长John Rutledge 在1776年的家，这座已经200多年的建筑，外观典雅庄重，里面装修也十分舒适美观，于我而言，选择这里下榻，不仅因为它在城中心出游方便，更因为它是一个可以娓娓讲述故事的地方。

116号对面的117号，是John弟弟的住宅，他也作过一任南卡州的州长，这俩兄弟都是美国宪法的签署人之一。在全美国，当年55位宪法签署人有16位的私家住宅幸存至今，都成为历史保护文物。这一幢116号住宅，虽然是以旅店的形式出现，但依然是受保护的历史文物，每隔一段时间，旅店就要投入固定资金进行修缮，以确保它完好如初。办入住手续的时候，前台服务小姐非常自豪地说："你们住的是我们旅店最豪华套间，当年Rutledge太太曾在这里招待过乔治·华盛顿总统用餐。"我相信这位服务小姐也一定为自己能在这样的地方工作，以这样的方式和历史上的伟人有连接而自豪。

在查尔斯顿，像这样200年以上的建筑随处可见，这在美国其他地方是少有的。这与很早以前查尔斯顿市政府的远见卓识有关。

查尔斯顿建城距今已经340多年历史，是美国最古老的一批城市之一，独立战争时期，它是与波士顿、费城并列为全美人口最多的三大城市。南北战争之前，按人均收入来看，它也是全美最富裕的城市。有这样的基础，按我们的思维，应该努力发展，蒸蒸日上才是。然而，20世纪30年代，查尔斯顿市政府颁布一条法案，城区里凡75年以上的房屋建筑都必须加以保护，不允许推倒重建，只能在原有的基础上整理维修，这条法案受到民众的投票支持。市政府同时规定，限制城市发展，城中心不允许建高楼，保护原始生态环境。这使得查尔斯顿没有像纽约、波士顿那样高楼林立，固定人口始终控制在5万左右。



除了城中心被保护，查尔斯顿的周边环境也都保持着极美的状态。这里有一个逾300年的种植园，它的历史比美国建国史还要长。里面最著名的是活橡树（Live Oak），许多树龄都超过500年——这种树最久可以活2000年。这个种植园经历了美国独立战争、美国南北内战，园主也几易其人，但它却保存完好，连主人居住的房屋都保留了原来的格局。美国虽然是一个只有200多年历史的国家，但他们对私有财产的保护，却像保护文物那样认真，而这些被保护的景观，也终将成为历史的文物。

如果说历史的遗迹，和城市古老的建筑，是查尔斯顿最为迷人之处，那么美食的闻名，和友善丰富的购物环境，又为它锦上添花。

我参加了一个美食之旅，导游带我们在城中心转悠，从早上九点半到下午一点，进了六七家小店，品尝了七八种美食，这些美食都具有地方特色，从红薯面包，到鲜虾拌玉米渣，从芝麻小薄饼到烧烤全猪，那口味都是别的地方做不出来的。这些小店也全都上过报纸或旅游杂志。在查尔斯顿城中心的国王路上，餐馆几乎是一家接着一家。

这个只有5万人口的小城，餐饮业为什么如此发达？原来，25年前，查尔斯顿遭遇了前所未有的海上飓风，整个城市的建筑都受到大面积损坏。根据市政府20世纪30年代的规定，很多老房子又不能推倒重建，只能在原有的格局基础上重新整修，这样花费的代价更高，人们为了收回成本，使修缮完毕的建筑物更有经济价值，于是人们纷纷把临街的房屋改造成回报率高的餐馆或食品小店，并且每一家都不落俗套，致力于寻找自己的特色。这一下，餐饮业水平迅速大幅度提高。听过一个“She Crab soup”的故事，这是一道汤的名字，称为“母蟹汤”，是南方菜谱中很有名的一道汤，原来最早是出自查尔斯顿。故事说，早期查尔斯顿一位市长太太经常在家里宴请宾客，她家的厨子擅长做一种螃蟹汤，她每回请客，都指名要厨子做这种汤，每一次厨子做好，都要她亲尝首肯之后才端给客人。有一次，不知是什么原因，厨子做的汤与他平常的手艺相差甚远，眼看客人就要来了，市长太太命令他赶快弥补。该怎样弥补？厨子一点不知道。就在这时，他看见案板上堆了很多还来不及扔掉的螃蟹壳，里面还留着大块大块晶亮的蟹黄。他灵机一动，将蟹黄整块挖出来扔进汤里，这样煮出来的汤真是鲜美无比，市长太太尝过之后，直夸那厨子是“魔法大师”。至此之后，“母蟹汤”成为南方一道名菜。查尔斯顿街上有一家海鲜餐馆，也是百年老店，据说做这种汤得了真传，慕名而来品尝美味的游客络绎不绝。

那个上午，我们走了大半个城，居然没有看见一家麦当劳、肯德基之类的快餐店，事实上，任何名称的快餐店你在这座城里都找不到。可能这个城里的居民，包括外来的旅游者，谁都不想把“快”这个东西带进城来，人们只想慢慢地走，慢慢地看，慢慢地坐下来品尝，让生活有一段悠闲的时光，让悠闲成为一种生命的状态，让生命在悠闲中慢慢延长。



说起购物，查尔斯顿又是一个十分独特的地方。这里有两条交叉的街，一条国王街，一条市场街，国王街上有许多名牌专卖店，小巧精致，物品也齐全。如果你对LV、J·Crew这样价格昂贵的高档店不感兴趣，就去市场街，那是一个大排档的市场，从1807年（不知为什么，这些标示年代的数字总令我心动）开业以来，每周一至周六开放，持续至今，周五、周六还有夜市。市场里一家挨一家的摊位摆放着各种各样的小物件，从家居日用品，到服装、饰物、艺术、工艺品，应有尽有，有些还是本地独特的产物，比如一种用查尔斯顿海边生长的甜草编织的篮子、果盆、玫瑰花，别的地方见都没见过。这些商品价格便宜，选择众多，琳琅满目，吸引了大量旅游者。

这里的人，从店主到游客，都很诚实友善，斤斤计较、打架相骂的事情绝少发生。那天，儿子看中一条绣着鲨鱼图案的皮带想买，结果摊位主人不在，儿子看那上面的标价是24美元，就拿了皮带，放了27美元，因为包含税。结果他还没有走出市场，店主就追来，说27美元太多了，硬是退回一块钱。我也在一个摊位上买了一条围巾，店主找我一把零钱，里面有些硬币，我说硬币给你吧，我没地方放，她说，那我再送你一条发带。我那把硬币其实不够买她的发带，我知她这是友善的回赠。在一个人与人相拥相挤的场所，大家都能这样彼此善待，每天的日子是会很开心的。

走在查尔斯顿的街道上，我慢慢体会着这座迷人的城，体会着古旧的建筑，和历史的沧桑，体会着一种活着的生命。只要给他一个空间，一片自由，他不用害怕他的家园哪一天会被强占；也无须担心他所做的一切，哪一天会莫名其妙变成别人的成果；更不用为了和邻居攀比谁更有钱，抛妻别子，跑到大城市去打工。他只需安静地守着自己的一隅，做自己喜欢的事情，用自己力所能及的劳动，换取一份有尊严的生活。在这样的状态中，一个活着的生命，会为这个社会创造多大的财富？而这每一个独特生命状态的综合，又会给这个世界增添多少绚丽多姿的风景？查尔斯顿之所以这样迷人，我想，最主要的原因是，从古到今，它都拥有一片真正属于自己的天空，活在这里的生命，都拥有一份无人能够夺走的自由，而这片自由的天空，是当初这群人用生命的代价换来的。当我行走在查尔斯顿的街道上，我亦在这片自由的天空下领略到生命的真谛，我为着我所看到的一切感恩，为着我还拥有的未来岁月充满眷恋的感情，生命里的每一天，都该像这样从容地，优雅地，满有尊严地自由地活着！

今后，即便我行走在曼哈顿摩肩接踵、熙来攘往的街道上，我依然会小心起脚，轻轻落下，仿佛查尔斯顿那坑坑洼洼的青砖路仍在提醒着我；即便我在北卡罗来纳家中遇到生活的挫折而心烦意乱，我眼前也会浮现小城种植园的活橡树那年轻而葱郁的身影，似乎告诉我：无论日子多长，持守一份静美，像一棵活橡树……是的，我是一棵树，一棵活了500年的活橡树，如果上苍许给我的时间是2000年，我还有多少时光可以静守，守成天地间一道美丽的风景呢！

2014年8月8日

# 赠你一朵玫瑰花

那天傍晚，暮色刚刚降临，我们在查尔斯顿的海港码头上悠闲地走。这也是一个十分迷人的景点，海湾公园就建在这里，有精致的花圃，美妙的喷泉，还有一个给孩子们踏水寻欢的场所，一群小男孩小女孩正在那里玩水嬉闹，给暮色中原本有点沉寂的码头平添一抹生动。

靠近海边有一个看台，上面建了三个平台式的纪念碑，刻着历史上不同时期查尔斯顿的城市版图，以及其他记录。旁边还有一个古炮台的遗址，这是一个17世纪的古炮台，那时候钢铁炮弹还没有发明，当时人用的是实心木头削成的圆形子弹。别小看了这种木质炮弹，当它放射出去砸在船上，船身就会留下几个大窟窿，进水之后船也是会慢慢沉下去的。

17世纪的查尔斯顿在英国人的建设之下，已经是一个十分繁荣富裕的城市。富裕便会遭人觊觎，当时常常有从荷兰、西班牙、葡萄牙等地开来的海盗船，进城抢劫。英国人决定修筑城墙，保卫城市，并且建造了这个古炮台。靠着城墙和发射木质炮弹的炮台，查尔斯顿的居民阻止了海上入侵者。

从古炮台遗址，往港口方向望去，还可以看见一艘退役的航空母舰停放在那里。这艘航空母舰建造于1943年，只用了16个月就完成全部工程，并马上投入到太平洋战争中，反击日本入侵珍珠港。航空母舰的旁边还有一艘子舰，这艘编号为724的驱逐舰，曾经受到22架日本神峰号自杀式战斗机不要命地撞击。那场战斗，22架日本机连同机上的人全部毁灭，724驱逐舰也尾部受伤。但如今，它完好如初地停泊在查尔斯顿港湾，作为军事历史博物馆， 时时提醒人们战争的惨烈。

从原始木质炮弹的古炮台遗址，到最现代化的航空母舰，其实就是在告诉人们一件事：从古到今，人类从来都没有停止过对资源的掠夺，任何战争的起因，都是源于人类的贪婪。将来某一天，人类是否会在自己引发的战争中毁于一旦呢？想到这些，心里有点痛。

沿着码头木板栈道继续往前走，眼前的一幕吸引了我的注意力：一位非洲裔少年人，大概只有十二三岁，正盘腿坐在地上，用一种像芦苇一样的草，编织一朵玫瑰花。他的手势那样灵巧，那两根长长的草在他手上好像变魔术一样，一会儿工夫就成了一朵花。他的身边放了好几朵已经做好的花。



我走到他面前，仔细看他编花。他编好一朵，送到我眼前说：“买一朵吧！2美元。”

我掏出钱包，发现里面有不到2美元的一些硬币，和一张100美元的大钞。我把那张大钞递给他，他摇摇头，说没钱找。我十分遗憾地收起钱包，准备离开，他却把花递给我，说：“你喜欢就送给你吧！”我有一点喜出望外，又有一点不好意思，把钱包里的所有硬币都掏出来给了他。他明眸皓齿地笑了。

后来我了解到，编织玫瑰花的草叫“甜草”，只在查尔斯顿的海边生长，别的地方没有。而编织玫瑰花的工艺，却是很早以前由非洲黑奴开始的。他们被带到美洲大陆，之前他们一点都不知道要去哪里，就随身带了不少粮食的种子，当然还有生活的技能，这种古老的编织手艺就是那时候带进来的。这些黑奴的后代，如今成了非洲裔的美国人，他们的身份虽然改变，但他们没有丢弃古老的家传手艺。住在查尔斯顿的非洲裔美国人，一代一代相传，用甜草编织篮子、果盘、玫瑰花，成为这里一道独特的风景。

曾经有外地人到他们这里来批发，希望他们的编织工艺形成规模，批量生产，被他们拒绝了。他们不想把它变成一种赚钱的工具，只想把它当成一种家族传承的艺术，闲暇的时候编几个拿出来供人欣赏，有人买当然好，没人买他们编着也愉快。因为这样，由甜草编织的艺术品在全美国只有查尔斯顿才有，而这个艺术技能的拥有者也只属于查尔斯顿的非洲裔美国人。

我在想，如果当初，这种甜草艺术被大规模地生产成一种廉价的工艺品，每个旅游景点都拿出来招摇过市，那么人们绝不会像现在这样，当手捧一支甜草玫瑰花的时候，心里会荡漾起一种甜甜的感情。那是一种人类对艺术的特别感受，一种对古老的传承所怀有的尊敬与景仰，一种无论在何等环境下都不会泯灭的美的追求。

我明白了，在人类历史的发展过程中，虽然有掠夺和战争的苦况，那是人们无法摆脱的悲情，但同时也有艺术和美的追求，那是人们赖以生存的梦想和动力。古老的文化就是这样造就的，一代又一代文化传承多像一朵玫瑰花，即使在战争的荒凉中，它仍然不屈不挠地开放着，它让天地明亮，使人世间成为最令人向往和眷恋的地方。而对一个民族来说，保护这样的文化传承又是每一代人多么神圣的职责啊！因为这朵民族的玫瑰花，如果让它野生野长，无人问津，它将不会再开出迷人的花朵，而乱砍滥伐，随意践踏，更是会最终将它摧残致死。

我想起最近经常看到的一句话：“赠人玫瑰，手留余香。”那个少年，在送给我玫瑰花的时候，心里一定很开心，因为有人欣赏他的手艺，那是他生命的玫瑰。有玫瑰花的人何其有幸，有玫瑰花的民族更是何等自豪，它为这个世界留下的馨香，是任何灾难和战争都夺不走的。

多希望我有一朵玫瑰花，可以赠给你，多希望我的民族也有一朵玫瑰花，可以赠给这个世界！



2014年8月12日

# 雪山情怀

每年春假带孩子们去滑雪，已成为我们家庭的传统节目，从大儿子7岁开始，到今天已经坚持了12年。今年我们去的是加州的滑雪胜地Lake Tahoe 的“北方之星”。这里曾经作过冬季奥运会的比赛场地，雪道悠长，雪景壮观。我们在山顶上租了一栋明亮宽敞的公寓，从二楼阳台看下去，上山的缆车就在楼下，明天就可以滑雪了！

作者的四个儿女在雪山拍照留念

## 云上的太阳

第二天早晨起来，发现昨晚下了雪，树上压了白皑皑的一层。从山脚往远处望，层层云雾在半山缭绕，使原本空明澄净的雪山变得神秘，难以捉摸。乘缆车上山，行到一半，自己也掉进迷雾里，能见度很低，心里疑惑，不知今天滑雪是否会顺利，就怕滑雪者彼此看不见，不慎撞伤。缆车继续前行，快到山顶的时候，忽然发现自己已经出了云层，云雾落到了下面，头顶是飘忽的薄云，虽然太阳还在更高的云层之上，但天空已是一片湛蓝！

早就听过云上太阳的故事，原来，当我们在地上看见乌云密布，甚至雷电交加，殊不知太阳并没有消失，而是在更高的云层之上俯瞰大地，它的光线正在坚忍地穿越云层，还大地再度的温暖。此刻，我坐在缆车上，看云层之后的太阳，正努力着从云的缝隙里露出笑脸。当那金色的光芒冲破拦阻，莅临我周身的时候，我的心头一下子豁然开朗。

人生历程常会遇到难处，也常有心情乌云密布的时候，希望，却是那云层后的太阳，给我们信心，给我们鼓励，给我们继续前行的力量！是的，任何时候都不要放弃希望，那是我们人生永远的太阳!

## 越野滑雪

第三天，我参加了一个5人组的越野滑雪队，我们的教练是个年轻小伙子，一招一式指导了我们一个半小时，然后这一天余下的时间就是我们自己在山里走了。

越野滑雪（Cross Country） 和高山滑雪(Alpine Ski）的区别在于：高山滑雪是坐缆车到山顶，沿着雪道快速下滑。而越野滑雪是从山下沿着上山的小径慢慢绕山而上，上到一定高度，再下滑。两种雪鞋和雪橇也有区别，越野雪鞋和雪橇更轻便，而从体力消耗来说，越野滑雪却更费体力。

第一次参加越野滑雪，完全没经验，遇到许多难处，也常常摔跤。有一次，不小心摔倒，穿着雪鞋雪橇，摔倒了要爬起来真的不容易，走在我旁边的Alex 想来帮我，结果自己也摔倒了。Alex 可是上了年纪的老人家，少说也有70岁，我心里很过意不去，费了很大力气站起来，看他还在努力，就赶紧去扶他，他却一个劲儿摆手，说："别来，小心又摔！我还是把雪橇脱了吧。"脱掉一只脚上的雪橇就容易站起来了，只是穿回去又是麻烦。我问："你没摔着吧？"Alex 说："戴安，别说我老，骨头可硬着呢！"

就这样，小组里的队友们互相鼓励，我们终于走完了全程5小时的路程。

## 永远的红丝带

又是一个滑雪的早晨，孩子们坚持要上最难的黑道去滑，我水平不够，决定不去跟他们冒险，难得自由行动。

上午10点多，我来到山上的服务中心，准备尝试一样新玩意：租一双雪鞋，最好遇见一个团队，在山里徒步旅行一天。可服务人员告诉我，前面一个团队5个人已经出发半小时了，我只能一个人独行。我问有没有危险，她说没有，只要带上地图，跟着标记走，不会有危险。她告诉我：“你走的这条路上的标记是红丝带，另外还有蓝丝带和绿丝带，你只要沿着树上飘着红丝带的路前行就没有错。”

飘着红丝带的路？好美的意象！走还是不走？我犹豫片刻，打算还是走，既然没有危险，何不体验一份全新的经历！

穿上雪鞋，手持雪仗，我独自向山里进发。徒步旅行和越野滑雪又不同，越野滑雪有较宽的雪道，基本是绕着山势上去下来；而徒步旅行却是穿山而过，大部分时候都是在林子深处择路而走，有时没有路，你走过，就成了新路。这样的地方徒步，雪鞋就成了必需品，因为雪鞋触地面积大，遇到雪深之处脚不会陷进去不可自拔。

就这样孤身一人往前走，渐渐地，服务中心远了，缆车绞索的吱嘎声也听不见了，只有脚下雪鞋与雪摩擦发出的声响陪伴着我。我已走入雪山深处。停下来四周看看，惊觉自己走进了一个“千山鸟飞绝，万径人踪灭”的境地！这里海拔太高，鸟雀飞不上来，而周围除我之外，真的是杳无人迹。当我停住步伐的时候，脚底不再发出声响，林子里寂静得仿佛可以听到空气的颤音！再看眼前景色，只有雪与青松，却连绵成无边无际的林海雪原，变幻着层次，变幻着曲线，不论如何变幻，却还是青松，还是雪！

欣赏了一回美景，拍了几张照片，继续往前走。忽然意识到自己光顾贪恋美景，却是好长时间没有看到红丝带了！又走了一段，还是没有，我断定大概是走错了路，于是返回头来，朝最后一次看见红丝带的地方走。到了那儿，沿着红丝带指示的路，走到了一个有岔路的地方停下来，心想：刚才走的那条路没有红丝带，我该朝另一条路走才对。走了一阵，还是没见红丝带，我不敢走远， 又返回。这样来回几次我心里开始绝望了，对自己说："别往前走了，还是顺原路返回吧，这样至少不会迷路。"可又觉得不甘心，我到底该怎么办？

我在岔路口的一个树桩上坐下来，心里开始祈祷，我知道任何时候我向他呼救他都会听见。当我从祈祷中回过神来，忽然眼睛一亮，在离我不远处的一棵松树下，有一个凹处，那里面躺着一条红丝带！我的心一阵狂喜，想是那红丝带被风吹落，它是不是躺在那里已寂寞多时？我过去将它拾起来，重新绑回松树上，这才看见那棵松树几尺远的后面还有一棵松树，那上面飘着另一条红丝带，我刚才怎么就没看见呢？

哦，终于又有了前行的方向，红丝带带给我新的希望。不知为什么，此刻我脑海里却浮现出一部年少时看过的日本电影，片名好像叫《老橡树上的红丝带》，高仓健饰演男主角。当他坐牢几年快要获得自由的时候，给妻子写了一封信，说如果她还在等他，就在家门前的老橡树上绑一条红丝带，如果他没有看见红丝带，他就永远离去，不再打扰她。结果，他朝家走去的时候，远远就看见门前那棵老橡树，那树上飘满了一树的红丝带！哦，红丝带，那树上飘着的岂是红丝带？是满满一树爱的等待！年轻时感受还不深，如今看尽人生中的各样悲欢离合，在沧海桑田的变迁中，这份对生命的持守是何等弥足珍贵！

我要再次感谢冥冥中的造物主，总是在适宜的时候，在我的心中飘起一条红丝带，给我指明前行的方向，给我带来生命的安慰。

哦，红丝带，但愿我们的心中永远都飘扬着一条红丝带，那是生命中的坚忍和亘古不变的爱！

## 生命没有惧怕

突然，我就摔倒在地上，感觉左手臂彻底扭了一下，再也没有知觉。瞬间，脑海里掠过医院、手术，和吊着膀臂、打着石膏的情景。我想动一动手臂，却是剧烈的疼痛刺激着神经，我不敢再动，仰面躺在雪地上，等待雪场救援人员的到来。

天上飘着细细的雪花，阳光被云层挡住了一半，另一半的光线将金色的余晖涂抹在飘舞的雪花上，天空中顿时满了四处闪烁的水晶，透过水晶，我还能看见湛蓝的天上一丝丝柔云。不知怎的，这份从没见过的美，一下子抓住了我的心，我的眼里不知不觉涌出泪来。我知道这泪绝不是因为手臂的疼痛，而是当心被某种特别的情境触摸的时候，会生出某种温柔的痛楚来，变作泪滴，当泪滴流出来的时候，心却在微笑。此刻，我的心里就是洋溢着这样的笑，我已经忘记了手臂的疼痛。

事后回想那个瞬间，我多了一份明白，从前站立着看风景，人和风景是抽离的，觉得自己似乎高高在上，在欣赏风景，如今无可奈何地躺在雪地上，周围是白茫茫的一片，我就躺在风景里，感觉自己和风景融为了一体。那是怎样地一种相融，相融到天、地、我没有了区别，相融到脑海中所有的意念都化成了空蒙，那样清澈，那样透明，相融到自己成了风景，被风景拥抱着，欣赏着，一如被爱情爱着，亲密着！这份感受多好啊，从前没有体验过，将来会不会再体验？

仿佛过了很久，又好像只有几分钟，有滑雪者停在了我身边，问我怎么啦，我说我手臂摔伤了。他立刻开始打电话，打了几次都没通，因为山上信号不强。他对我说："你放轻松，别动，我滑下山去找人。记住一定不要乱动啊！"

我说："好，我不动。"其实我也根本动不了。

动不了的我心里却满了感恩，因为那一刻的美，已把我心里的污秽杂念全部清除，我知道全能者一直在照看着我。我想起他说的话："在这个世界上，你们有苦难，但在我的心里面，你们有平安!"是的，你将你爱世人的心，赐给了这个世界，你将你那永不改变的爱放进了我的心里，以至于在我遭遇苦难的时候，心里居然一点沮丧都没有，反而有那么大的平安。还有什么比内心深处的平安更是此刻的我所需要的呢？至圣者啊，我真的感激你，这平安是从你而来的，我的好处不在你以外！

有人拖着雪上担架来到我身边，他给我看他的名牌，叫杰克，是雪场义务救援队的。他教我如何小心翼翼地将受伤的手臂移到胸前，帮我用绷带固定，然后协助我慢慢将身体躺倒在担架上，最后他用两床毛毯将我裹好，准备下山。户外零下十摄氏度，杰克是取下手套操作这一切的，我看见他的手冻得发僵。

杰克一边戴回他的手套一边说："准备好了吗？我们可以下去了。记住我的名字，杰克。下山的过程有任何情况你喊我，我就会停下来。"

杰克拖着担架向山下滑去。因为躺着的姿势，又因为雪地上的颠簸，我的手臂开始剧痛，为了减轻痛楚，我开始发出声音。不是叫喊，不是呻吟，是一首赞美诗的旋律，是一个发自内心的祈祷，很快我的手不疼了，心里再次充满感恩。医生说，快乐的心态会让身体分泌出一种荷尔蒙，帮助人体对抗疼痛和疾病。那本圣书上说：“喜乐的心是良药，忧伤的灵使骨枯干。”就在我高声赞美的时候，杰克听见了声音停下来，问我有什么需要，我说没有，我只是在祷告，他说好极了，他将雪上担架的绳索再次扛到肩上，继续往山下滑去。

到了雪场诊所，医生为我做了仔细的检查，并从各个角度拍了X光片，告诉我骨头没断，只有两处轻微的骨裂，不需要做手术，慢慢养着，它自己会好起来。这个结果比我以为的好了太多！我所信的至圣者是值得称颂的！

接下来的几天，我不能再滑雪了，但也再没有比这几天更快乐的时光。先生和孩子们一大早就出去滑雪，直到晚上才回来。我一个人在屋子里，坐在暖暖的壁炉旁，没有人打扰，没有日常琐事的烦忧，我可以完全沉浸在自己的世界里，听着我喜欢的歌，想着生命中发生的美，任由心的浪漫带我飞向快乐的巅峰。啊，这样的时光，好像只有少年时代才有过。那几天，居然久违的诗情也再次光临我，令我在冰封雪飘的日子，写出一首首温情满溢的诗篇来！



哦，生命的故事真的是不可预料，我仍旧只能说感谢上帝，在今生的生命里，他为我预备了爱，预备了苦难中的安慰，还预备了永生。我问自己，当我热爱着上帝一切创造的时候，我是否全身心地热爱着上帝自己？此刻，我心里发出热切的呼唤：主啊，让我爱你，让你成为我生命中的最爱！

好朋友问我：“滑雪，摔得这么重，后悔不？以后还滑不？”

想到从五千米的高山上蜿蜒而下，一路是看不完的迤逦风景，人像插上了飞翔的翅膀，那份自由的享受真的是无与伦比！这次摔跤，也是学一个功课，付一次代价，为的是将来滑得更好。

于是我回答说："手好了还滑，不后悔！"

心里知道，有了圣者之爱的相伴，生命中没有惧怕！

## 雪山上的静思

今天是在雪场的最后一天，虽然手上打起了绷带，我还是早起租了雪鞋，又重走了一遍"飘着红丝带"的路。有了这些天的经历，心里不再畏惧，全身心地沉浸在雪山美景中。

依然是孑身一人，依然是看不尽的松，踩不完的雪，依然是"千山鸟飞绝，万径人踪灭"，我却深深爱上了这份孤独。人有时候是需要逃离红尘喧嚣，静享一段独处的时光。

此刻的我，置身在茫茫林海，感觉自己是如此卑微渺小，假如我在一瞬间从这个世界上消失，松与雪依旧不变，天与地依然长存，我又算得了什么？

然而，宇宙的创造者却眷顾我，给我生命的意识，在我这个卑微躯体的里面放入一颗叫作"灵魂"的东西，他又使这颗灵魂苏醒，可以感受到有他同在的强大。当我们细想上帝放在人里面的各样才能，各样潜质，各样美善的良心、品性，我们不能不为人的高贵，人的精彩，人的奇妙发出赞叹，人是因为不明白自己的身份才会变得污浊。我们原本出自上帝，我们的源头是那一位创造的主，我们的高贵在于，我们是"有灵的活人"。我们虽然常会犯错，但上帝的赦免早为我们铺设了爬起来继续前行的阶梯，他早为我们预备下恩典，为要成全我们最终成为一个高贵的人！

这条飘着红丝带的路，让我再一次内心充满感恩，我感谢上帝把我从红尘的喧嚣中带出来，给我一段美妙独处的时光。哦，仅仅是一段时光而已，却不是永远地离开！我知道我还要重新回到红尘中去，去活出鲜活的生命，不全是为自己，还为我的至亲，为我身边的友，为周围遇见的人……

从远离凡尘的雪山，回到喧闹的尘世，其实并不需要花费多少时间，在飞机上凭窗而望，周遭依然是一望无际的白，可那已不再是雪，而是云，是云层之上更美的云。有了雪山的情怀，再看这云，更了解至圣者那博大无边的爱，那无字而恢宏的承诺，这一切带给人生命的平安。

2013年3月

# 松雪岭——访隐者不遇

“松雪岭”是一个乡村墓园的名字，它坐落在美国康涅狄格州首府哈特福德市的南郊。按照英文的原名Cedar Hill，应该翻译成“雪松岭”才对，然而，中文字的奇妙常常就在于此，同样两个字换一种组合，就可能多了某种意味。“雪松”只是一种松树的名称，表明那个墓园到处都长着这种松树，而“松雪”却有了想象中视觉美的意境，这片墓园在松与雪的映衬下，又会是怎样一番美景呢？

2016年元月，在马丁·路德·金纪念日之前的周末，我来到了松雪岭。这真是一个环境幽雅，风景迷人的乡村墓园，270英亩的一大片园地，规划成30多个不同的区域，雪松成片环绕，池塘星星点缀，古典雕塑、墓碑比比皆是。西方人的传统，多以家族墓地的形式落葬，每片家族墓地的中间，都有一座刻有家族姓氏的纪念碑，家族成员则围绕着这座中心纪念碑安葬。墓园里有许多纵横交错的纪念碑，有些甚至出于历史上有名的雕塑家、建筑师之手，徜徉其间，何尝不是满满的艺术享受！再想象一下，墓园里一年四季的光景：春天五颜六色的鲜花，夏天浓荫密布的林园，秋天像打翻了上帝手中的调色板，冬天雪花、冰凌、寂寥的古木参天……

也许你会问：这是埋葬死人的墓地，还是供活人游玩的公园？根据美国早期乡村墓园运动的理念，任何一个墓园不仅要满足已故者的需要，更要设计成适合生者的需求。墓园，不再是阴冷、死亡的代名词，而是周围社区的人们可以来此凭吊、怀念、散步、骑车、观鸟、赏花、读书、冥想的地方，它被看作是“一个超然离世者的开阔圣殿，让所有来访者感受到上帝在大自然中的崇高主导地位”。

我到这里来，原本是为了寻访一位已故师长的墓地，但因为墓地是新的，还没来得及立起纪念碑，当然就很难找到确切的位置，找了一下午，却无意中看到另外几个熟悉的名字。那时夜幕已经降临，墓碑上的字迹也难以看清，而那几个名字在心里撩起的波澜却无法平息，于是第二天一早，刻着这几个名字的墓碑前，再次出现了一个好奇的寻踪者，一个为已逝的岁月流年唏嘘缅怀的痴人。

第一个名字是J·P·摩根（1837–1931）。



他应该是美国历史上最重要的银行家，参与了很多大型企业的合并与创建，其中包括通用电气、美国钢铁以及AT&T等。他的影响力遍布美国的巨额融资，以及美国国会。1895年，美国总统告诉摩根，联邦财政部黄金储备已近赤字，于是摩根牵头制定了一个计划，让华尔街为美国财政部提供了价值六千五百万美元的黄金，他引导的银行合并，又平息了1907年的美国金融大恐慌。摩根最大的贡献在于，他极力游说美国政府设立中央银行，实际上，美联储是在摩根去世一年后建立的。华尔街日报曾这样评价他：“上帝在公元前4004年创造了这个世界，约翰·皮尔庞特·摩根在1901年重新组织了这个世界。”

值得一提的是，摩根于1912年曾订购当时最大的游轮“铁达尼号”头等套房，后因故没有上船，让他逃过一场死神之约，生命多延续了一年。他是第二年在罗马过世的，当他的遗体被运回纽约时，华尔街下半旗，股票市场关闭2小时，而他最终被埋葬在这片雪松掩映的松雪岭公墓，因为这里是他的出生地——康涅狄格州的哈特福德。

站在他的墓碑前，思想这位金融家的生前轶事，盖世的名声之下，仍然有着普通人的性情。据说摩根身材高大，肩膀宽阔，双眼炯炯有神，他走过人身边的时候，会产生某种物理效应，仿佛“大风吹过房子”。这样魁梧帅气的家伙，却长着一个丑陋的酒糟鼻子。名声显赫的大银行家，自然有许多人要为他做宣传，他却讨厌照相，他的所有相片都是经过修饰的，甚至因为丑陋的鼻子，他的自信也时常遭到破坏，为了让人们把目光从他的鼻子上移开，他努力训练自己的人格魅力。遗憾的是，尽管他竭尽努力想要让人忘记他的丑鼻子，但在他过世一百多年后的今天，人们仍然把它当作轶事传颂。其实他生前可能没有想到，这样的故事只会给他平添许多色彩，也让人对他产生更多常人的亲近。

再看摩根家族的纪念碑，在整个松雪岭墓园里也算得上富丽堂皇，但摩根却像每一个普通人一样，没有迈过死亡的门槛。在死亡面前所有人都是平等的，因为上帝给了每个人一颗平等的灵魂，他死的时候，灵魂仍然需要上帝的拯救。

第二个名字是凯瑟琳·赫本（1907–2003）。

她是美国好莱坞电影史上最伟大的女演员，近60年的演艺生涯，使她获得“美国影坛第一夫人”的美誉，她也是美国“奥斯卡金像奖”自1929年创立以来，唯一一位能四度摘下“奥斯卡影后”的女星。不过需要提醒一句的是，这位饰演《金色池塘》女主角的凯瑟琳·赫本，与饰演《罗马假日》女主角的奥黛丽·赫本并不是同一个人，他们都是相近时代的伟大女演员，而且同样都姓一个不太常见的姓氏，两人又都相互认识，且是私交很好的朋友，因此对许多人来说容易把她们混淆。

凯瑟琳·赫本一生共被提名过12次奥斯卡奖，12次全都入围最佳女主角，虽然提名的记录已经在2009年被梅莉·史翠普超越，但她荣膺连续四届影后的辉煌纪录，至今无人能比。她也是一个极有个性的人，她认为将演员在不同影片中的不同角色拿来评比，是一件荒谬且没有意义的事，所以她从不去领奖，都找别人代替。她唯一一次出席奥斯卡颁奖典礼是在1974年，那次也是为了去给别人颁奖。令人惊异的是，那一次，她又创下了第一位影后穿着长裤出席奥斯卡颁奖典礼的记录！



凯瑟琳享年97岁，她葬在了她的家族墓地松雪岭。凯瑟琳家族的纪念碑是一块自然天成的石头，除了上面刻着的家族姓氏，其他没有任何人工雕琢的痕迹，这块朴实无华的石头，掩映在两棵低矮的雪松之下，不是看着导图寻找，很容易轻易错过。我在想，一位生前令举世惊艳的影星，死后也就只剩这一块长满苔藓的石碑，虽然还有后人怀想与纪念。我去的时候，她的墓碑上有人绑上了一个松枝做成的花环，那是一个四季常青的松环，表达后人绵绵不断的追念。可那与她又有何牵绊？好在有已逝的家族亲人同葬一地，或许会有地下的温暖，但愿她的灵魂已经与造物主同在，已经进入美妙无比的天堂。

“留学生之父”容闳之墓

第三个名字是Yung Wing（1828-1912）。这却是一个中国人，他叫容闳。

一般人对容闳的了解，多来自他的自传《西学东渐记》，这是容闳写的一本英文书，原标题是《My Life In China And America（我在中国和美国的生活）》，内容详述了这位“中国第一留学生”的求学经历。容闳7岁随父前往澳门，之后又去香港，一直在马礼逊纪念学校就读，从小就受到西方思想熏陶，19岁时被他的老师，一位叫伯朗的美国牧师带到美国留学，成为清朝的第一位留学生。容闳在麻省的孟松预备学校就读之后，考入著名的耶鲁大学，又成为耶鲁大学的第一位中国留学生。后来容闳入了美国籍，学成之后返回中国，很快投入了洋务运动。容闳活了83岁，一生中经历过无数从清朝到民国的变数，自身也多次投入到与民族自强相关的运动当中：他主张将西方科学引进中国；因参与康有为和梁启超的维新计划而遭清廷通缉；80岁的时候，还在帮助孙中山筹款起义。

我个人一直认为，作为中国的“留学生之父”，容闳做的最有远见的一件事，是为清朝以公费方式选送少年赴美留学。他经过多番游说，得到曾国藩和李鸿章的支持，当即成立“驻洋肄业局”，在1872年至1875年间，每年选送30名少年赴美留学，4年共派出120名，是中国最早的公派留学生。本来原计划留学时限为15年，不料进行到第10年时，留美少年全部被清政府强行召回。

知道是什么原因吗？根据史料，当时的清朝首任驻美公使陈兰彬曾屡上奏折，请求朝廷召回留学生。他说：“外洋风俗，流弊多端，我国学生到了美国，不再读圣贤之书，德行不坚。西方技艺没学到多少，倒沾染了满身恶习。即使大力整顿，也很难防范周全。”当时容闳担任驻美副公使，他反对如此苛刻的指责留美学生，如学生们参加各种棒球队、足球队、赛艇队，学习音乐、舞蹈，剪了辫子，穿上西服，甚至与美国女孩子谈恋爱，陈兰彬指责说，这叫“不合礼仪，放荡淫逸”，容闳却认为这叫“入乡随俗，无可深怪”。我们活在今天的人应该不难看出，当初这两种观点谁对谁错，也肯定一眼就明白，这两种势力孰赢孰输。容闳费了无数口舌和周折，终于没能阻挡清廷全数召回留学生。

然而，虽然这次留学活动未能圆满成功，但这一批留学生返国后，对于突破中国几千年的封建现状，打开中国现代化之门均有贡献，他们中间有著名的外交官唐绍仪、刘玉麟，有中国的铁路之父詹天佑，还有香港行政局首任华人官守议员周寿臣等。



写到这里，我忽然想起自己以前写过的一个故事：一只生活在井底的青蛙，曾经因为一个偶然的机缘，跳出井底，看见了外面的世界，当他重新回到井底的时候，蓝天白云、树木花草，外面世界的精彩成为他每天的话题。那些听他讲述的青蛙，也开始向往外面的世界，开始想象山的颜色，海的温度，以及小鸟飞翔的姿态。他们依然活在井底，每天望出去的依然还是头顶上那一小片天，但他们的瞭望开始有了意义，他们的日子开始有了梦想，他们也开始用一只青蛙可能有的行动努力着，期盼哪一天可以跳出井底。

哦，容闳老先生一生所做的努力，不就是想带动所有的青蛙跳出井底吗！但井是那么深，天是那么远，他的梦想看起来是那么遥遥不可实现。然而，容闳先生的努力并没有白费，从他开始，一代又一代的国人走出国门，接受现代文明的洗礼，他的后人不再是从前的青蛙，他们的基因也在逐代改变，他们中的许多已不再像从前那样麻木不仁，他们至少知道了，井底之外还有更美丽的家！

我不知道容闳老先生如果活到今天，会不会对世事发出悲情的感慨，他之后的每一代人都在为追寻自由的天空，不断付出无以替代的努力，可那个井的围墙为什么总是那么牢不可破？为什么他的后人只允许活在井底那一小片天底下？想到此，我不禁悲从中来，为容闳老先生不能完成的遗愿，为无数只青蛙仍在努力的悲壮，如果生命注定只是悲情的歌唱，那也只好继续这样唱下去，在寒冷的冬天，在了无群星的黑夜，这歌声至少可以成为彼此诗意的慰藉。

我在容闳老先生的墓碑前，深深地鞠了一躬，为我自己，也为和我一样的青蛙，此刻，我在遥远的异地全然明白你的心思，全然了解你和我——我们就是彼此的慰藉！当我抬起头来，看见冬日的阴郁里，忽然有一缕恩典之光照进心头，在那苍茫辽阔，无可触及的时空里，那比万物都大的造物主，终会来眷顾这群在羸弱中歌唱的孩子，眷顾这些渴望生之美好的青蛙，他要救他们脱离井底，安居在永恒自由的光辉中！



松雪岭！我虽未能找到已故师长的墓地，却为他能葬在这块清风明月的宝地而欣慰，过不了多久，他的墓碑竖起来之后，人们看见他的名字，会想起他生活过的年代，想起作为一只青蛙，他已尽了他应有的努力。在挣脱了人世间的劳苦愁烦之后，他奔向了他所信仰的天父的怀抱，在那里他得到的一切奖赏和责备，都将是无比公正的。

2016年1月22日

# 邂逅亚特兰大

## （一）

我是在一个柔和的初夏的上午，来到乔治亚州的首府亚特兰大。我并不认识这座南方最著名的城市，脑子里仅有的概念也只是那部经典小说《飘》留给我的印象。这部描绘美国南北战争的小说实在精彩，以至于我读过小说多年后的今天，站在书中故事的发生地，心里涌起一股强烈的渴望，想好好看看这座城市，看看它与别处不同的独特魅力。如果你愿意，我邀你与我同行。

让我们先来到亚特兰大城中心的奥林匹克公园，那是为纪念1996年奥运会在亚特兰大举行而建的，公园不大，绿树茵茵，中间有一个立着一座纪念碑的小广场，常有音乐家在这里举行音乐表演，周围的居民和外来的游客都来这里散步，学生们则散落在任何一个角落读一本手里的书。站在公园的中心放眼四周，你会看到一个标记醒目的水族馆，那就是有着“世界之最”美誉的乔治亚水族馆；侧面有一个美国民权运动纪念馆；而对面就是那个深受游客欢迎的可口可乐展示中心了。

可口可乐风靡全世界，这个中心详细介绍了可口可乐公司发展至今将近140年的历史。里面有4D电影观摩，有盖瓶流水线实际操作的巨型机器表演，还有一个巨大的保险柜，珍藏着将近140年没有外泄的可口可乐原始秘方，这个保险柜，需要有不同人保管的三把钥匙同时使用才能开启。游客们进到展示中心，可以免费品尝全世界各个国家不下100种的可乐饮料配方，离开时，还可以获得一瓶可口可乐饮料赠品，其中更有1000多种可口可乐手工艺术精品，令人应接不暇，爱不释手。

可口可乐展示中心门票不贵，大人16美元，12岁以下的小孩和65岁以上的老人14美元。在美国，几乎所有城市凡要收门票的公共场所，都会给老人小孩打折扣，但奇怪的是，售票员从来不需要你出示证件，你说几岁就几岁，他们完全相信你！我们全家有老有小，公婆70多岁，4个孩子从10岁到20岁不等，这么多年，去过无数个地方，买过无数次门票，从来没有被要求过出示证件，来证明老人小孩的年龄。仔细想想，这样的一份信任是很令人感动的，因为有这份信任，许多事情都变得简单，而这样的信任，也是建立在整个社会诚信的基础之上，试想，如果有人为了贪小便宜，故意多报或少报年龄岁数，这样的事情多了，信任也就打破了，那些原本出于人性化的规定，也就不再带有温情的色彩。显然，生活在这里的人似乎都不爱贪小便宜。



顺带提一下，亚特兰大还是一家深受大众喜爱的快餐店的发源地，这家快餐店名叫“Chick-fil-A”，在美国，它的声誉比麦当劳、肯德基好很多。1946年，亚特兰大的两个基督徒兄弟创办了这家快餐店，他们只在周一到周六营业，周日两兄弟去教堂做礼拜，商店不开门，这一传统一直延续至今。如今，这家快餐店的分店遍布全美国，而亚特兰大这家原始老店依然欣欣向荣！

## （二）

从奥林匹克公园出来，穿过马路，那里有一幢很不起眼的铅灰色大楼，如果不是楼前竖立着一个巨大的招牌：CNN，没有人会理会，这就是全世界著名的“美国有线电视新闻网”所在地。

CNN是一个透过有线电视与卫星电视播出的新闻频道，其特点是24小时全天候播出新闻，除了在美国境内播出，也有境外频道对全世界服务。全世界共有212个国家和地区，大约10亿人可以收看到CNN。即便在中国，虽然老百姓看不到，但涉外宾馆的电视频道里有CNN，不过，中国涉外宾馆的CNN频道是可以随时被切断的。

上世纪70年代的美国，在CNN出现之前只有三家主要的新闻电视台：ABC（美国广播公司）、CBS（哥伦比亚广播公司）以及NBC（美国全国广播公司）。在电视发展的早期阶段，电视新闻只是一个可有可无的点缀，美国三大广播公司的晚间新闻只有15分钟，1960年后才增加到30分钟。上世纪70年代末期，亚特兰大冒出一个名叫泰德·透纳的人，他突发奇想，认为新闻不应该是在短短30分钟内，由主播经过评论包装，将已经发生过的事件推给观众，而应该是报道正在发生的事件，由现场的直接报导让观众知道事件真相，不需要太多评论包装。于是他创办了第一家新闻台CNN，一周7天，每天24小时，将世界各地发生的种种新闻，及时地、源源不断地呈现在观众面前。CNN成立的时间是1980年6月1日，1981年，美国总统里根遇刺，CNN全程追踪报道，在全世界引起极大轰动。人们对新闻的观念从此改变，不再喜欢听经过包装加工的新闻报道，他们要的是现场直播，要的是直面事实。据说海湾战争期间，美国总统宁愿相信CNN的报道，而忽略他的下属呈递的报告。

有很多美国人批评现在的CNN人为控制舆论导向，选择性地报道新闻，似乎已成为民主党的喉舌。即便事实如此，也没有大碍，因为CNN毕竟只是美国众多新闻媒体中的一个，它既不代表政府，也不代表所有民众，它只是一家之说，代表它自己的观点，倾向哪个党完全是它的自由，而选择相信与不相信，完全是观众自己的自由。在CNN之后，美国又冒出其他不少24小时的新闻台，其中FOX NEWS 是与CNN针锋相对的一家，它的观点偏向共和党。当大事件发生的时候，两边争吵不休，民众刚好可以从中听到不同观点，看到全面事实，更有利于做出准确判断。一家媒体很难做到完全中立客观，很多媒体互相补充才能使画面更加全面圆满，这就是新闻自由带来的好处。



那么，美国有没有新闻不自由的情况？有！大家都知道的“美国之音”就不允许在美国境内播放，因为它完全是政府出资办的电台。美国人民全都明白一个事实，国家机器一旦拥有掌控舆论的权利，那是什么力量也敌不过的。所以，政府的电台随便你怎么对境外广播，绝不允许你在国内操纵老百姓的思想。这是对美国政府的权力限制，更是美国民众的自我保护意识，他们认为民主就是人民真的做主，政府不得以任何方式引导、干预人民的自由选择。在美国，除了政府办的“美国之音”受到限制之外，其他任何私人媒体都不受限制。而CNN作为第一个全天候报道新闻的媒体，带动美国出现很多类似的新闻媒体，它对美国新闻自由做出的贡献是不容忽视的。

泰德·透纳能够成功地创办CNN，当然是自由资本主义市场经济为他提供的商机，很难想象，在一个意识形态和市场经济都受到控制的社会，他能够获得成功。而他的成功，又让整个社会在明白真相、追求自由的道路上往前迈进了一大步。除了大环境的前提，泰德本人也是一个十分勤奋的工作者，他的时间观念是非常与众不同的，据说他一生当中从来不买需要系鞋带的鞋子，他说，每系一次鞋带需要几十秒，人若一辈子可以活80岁，花在系鞋带上的时间就是好几周，实在不值得。这就是泰德·透纳，一个对时间超级吝啬的人。

泰德·透纳因创办CNN而获得巨大经济利润。1990年，他用所获资产的一部分创立了透纳基金会，致力于慈善、环保事业，他将1亿美元资产捐赠给联合国，又在新墨西哥州购置几百万亩的土地，作为永远不许开发的森林保护区。

每次我写到这些事情，仿佛都遇到同一个模式：年轻人的梦想——经过努力梦想的实现——梦想实现后的巨大财富——慈善、捐赠，将财富回馈给社会……当这样一种模式成为一个社会从古到今的普遍存在时，你不得不去想这背后的原因，又会忍不住去把另外一种情况拿来比较，比较之后会得出怎样的结论呢？相信聪明的读者会有自己的答案。

## （三）

出了亚特兰大的城中心，来到中城，我要带你去参观一幢小红房子，你大概想象不到，眼前这幢似乎在美国随处可见的普通居民住宅，竟被列入美国国家史迹名录，因为它是一位美国著名女作家的故居，她的名字叫玛格丽特·米歇尔。这位因车祸过早去世，只活了49岁的女作家，一生也只写过一部长篇小说，但就这一部作品，已足以奠定她在世界文学史中不可动摇的地位。这部长篇小说就是脍炙人口的《Gone With The Wind》，直译成中文是《随风而逝》，台湾翻译成《乱世佳人》，大陆翻译成《飘》。

提到长篇小说《飘》和这位《飘》的作者，很多人都知道她十年磨一剑，写出了这部史诗般的巨著。小说以亚特兰大附近的一个种植园为故事场景，描绘了南北战争前后美国南方人的生活，他们的习俗礼仪、言行举止、精神观念、政治态度，尤其是每个人物的性格特征，在小说中都是栩栩如生，而小说中的爱情故事，更是荡气回肠，令人久久难忘。作者写的就是她熟悉的生活，那些人物从小就和她生活在一起，"就连书中的空气也与她自出生以来便一直呼吸着的一模一样"。这是当年小说出版后众多的评论中最打动人的一句话。

但我要在此说的是与这部小说有关的另外一个人，另外一件事，这个人是玛格丽特的丈夫约翰·马什。可以毫不夸张地说，如果没有约翰的慧眼和全然爱的付出，也许不会有这部小说的问世。

在认识约翰之前，玛格丽特有过两次不幸的感情经历，这使得她对人生一度产生黯淡灰心。是约翰，这位极富眼识且深爱她的男人，力使她相信自己具有一名出色写作者的所有天赋。在约翰的鼓励下，玛格丽特不久就成为《亚特兰大通讯》的首席记者，并很快成为“一个受人尊敬的女报人，一个人所共知的本地名人，一个大牌记者”，她的名字和面孔深为读者所熟悉。

然而，不幸是从她的脚受伤开始，疼痛使她无法继续坐在打字机前工作，她不得不辞去专栏记者的职位，缠绵于病榻，悉心养伤。这一时期约翰的身体状况也日趋下降，但为了让妻子能够有一个好的心境，能够早日恢复健康，他竭尽体贴，尽一切努力去做让玛格丽特开心的事情。他去图书馆为她借来各类文学书籍，在病榻前给她念书，用小说、诗歌来填满妻子寂寞的日子。随着玛格丽特的辞职和坠笔，家庭生活的来源仅依赖约翰一人的收入，生活也日益拮据。但清苦的生活并没有让这位极富勇气的男人沮丧，他唯一担心的就是妻子闷闷不乐的情绪，他多么希望自己心爱的人有一天可以振作起来，去实现她与生俱来的天赋赋予她的使命。说来也奇怪，连玛格丽特自己都没有那么大的信心，可约翰对妻子的才能和成功却深信不疑。有一天，约翰下班回家，将一大摞空白的浅黄色稿纸轻轻放在玛格丽特面前，很认真地对她说：“亲爱的，图书馆里已经没有你可看的书了，如果你还想再有什么可阅读的话，你好像必须自己写一本书给自己看。”约翰的执着与鼓励深深打动了玛格丽特，她决心写一部长篇小说。第二天，她就为小说拟好了粗略的故事大纲和人物关系，至此，随着她手中笔的落下，玛格丽特已无可逆转地改变了她一生的道路，而约翰则成为她最忠实和实用的编辑。

写到此，我不由得对这位“幕后英雄”产生极大的敬意，作为一个男人，他完全可以有他自己的事业追求、生活享受，他是一个极有才华的广告人，常常以对工作独到的建树或一句落地有声的广告语赢得公司的称赞，但他却把自己全部的智慧和精力倾注在了玛格丽特的创作中，按他自己的话来说就是："我愿舍弃一切去拥抱这种天赋！"漫长的十年，他用行动证明了一个男人的担当。玛格丽特何其有幸，一生中能够遇见这样一位真正的男子，不仅为她付出真爱，而且竭尽全力成就她的生命，这也是世界文学史上的一大幸事！

望着眼前这幢三层楼的小红房子，当年也只有一楼的某个房间是女作家和她丈夫的居所，如今一切都随风而逝，只留下这部长篇小说，和与这部巨著有关的动人故事。站在小屋的展厅里，缅怀玛格丽特的一生，我也深深缅怀那位成就她生命的男人。有这样出色的男人和女人，有这样超凡的爱情，这世界就并非是绝望的！

亚特兰大，我是在一个初夏的日子邂逅她，她秀美的市容，丰厚的历史，给我留下怎样难忘的记忆！如今，我终于可以把她变成文字中的美人，让你来认识她、了解她，希望你也像我一样喜欢她！



2016年2月

# 早安，奥斯汀

## 匪夷所思的纪念碑

奥斯汀是德克萨斯州的州政府所在地，罗马式的圆顶建筑就是州府的标记，这个建筑与美国首都华盛顿国会山的建筑外形一模一样，只是尺寸小了一些。这里虽是政府部门，却一周七天开放给旅游者参观，门口没有岗哨，也没有持枪核弹的警卫，只有一个安检设施。

进入政府大楼之前，要经过一片绿树成荫的广场，广场上一个纪念碑吸引了我的注意力。这个纪念碑是为了纪念美国南北战争中的南方阵亡者，上面一行大字写着：

纪念为宪法所保障的州权战斗至死的英雄

这里先解释一下什么是“宪法所保障的州权”。

美国从建国伊始所确定的制度就是“三权分立，联邦自治”，在不违反宪法的情况下，各个州自己制定自己的法律，联邦政府无权干涉。在当时的历史认知和条件下，美国南方各州的“黑奴制度”是宪法允许的，随着时代的进步，对人权的进一步尊重，有人开始对“黑奴制度”提出异议。本来这件事是可以通过讨论修改宪法来解决的，但因为当时的南方贵族受益于“黑奴制度”，绝不肯轻易放弃，在为此吵得不可开交的情况下，南方各州决定为保卫自己的州权利，联合起来退出联邦，实行独立，并且打响了内战的第一枪。如果说南方保留黑奴制度还没有违反宪法，但退出联邦却与当时的宪法相违背，于是联邦政府也是以“维护宪法”之名接受了南方的挑战。当然，这场战役是以南方失败而告终，但南方始终认为他们是在为维护州权利而战，是正义的，所以纪念碑上会把战争中的死难者称为“为宪法所保障的州权战斗至死的英雄”。

再看纪念碑下面，有一段小字写着：

> 南方人民受1776年独立精神鼓舞，在1861年从联邦退出，北方诉诸武力和威胁，南方虽然面对绝对劣势和资源匮乏，仍然坚持战斗到最后弹尽粮绝。战争共经历2257次战役，南方参军人员80万，北方2590183人，所有阵亡者，南方437000人，北方485216人。

最后一行小字写：

> 纪念1861–1865 南方阵亡者

这些话令人有些晕眩，对于我这个在成长岁月里一直受到“成者为王败者为寇”思维方式影响的人来说，这是一个匪夷所思的纪念碑！这个纪念碑给你感觉是，南方是为了正义发起战争，而最终的死难者是不折不扣的人民英雄，直到今天人们还在纪念他们。但是，慢点，美国历史上的南北战争，不是北方是赢家吗？获得战争全然胜利的北方为敌人竖立纪念碑？在我的祖国，也曾经有过好几年内战，最后执掌了政权的党，在政府大院立一座纪念对方阵亡将士的纪念碑？这在很多人看来是一件不可思议的事情。

还有，当年美国内战以南方失败而告终，北方没有赶尽杀绝，也没有建立任何俘虏集中营，他们给所有投降的南方士兵发放路费，送他们解甲归家。即使是对待李将军，这位在各种战役中屡次打败北军的南方最高将领——那可是欠了北方无数血债的，苦大仇深的敌人呐！在他签署投降书之后，也得到了作为军人的最高尊敬，他的手枪依然还给他，北方将领向他脱帽致敬，他骑着高头大马，极有尊严地离开。

面对这样的图景，一个在仇恨文化中长大的人会受到深深的震撼，因为在仇恨文化中，失败者不仅成为阶下囚，在胜利者眼中，他甚至连牲畜都不如，可以任人践踏宰割。是什么，使这样一场血腥的战争结束在宽容、饶恕和尊严之中？是什么，使执政政府在赢得战争胜利这么多年之后，仍然将敌对阵亡士兵的纪念碑高高竖立在政府大楼前，让人们永远纪念？

这是一个有信仰的国度，有着一种在上帝面前人人平等的文化，虽然在没有其他方式解决矛盾的情况下他们选择了战争，但战争的胜负并不是他们决定人等次高低的手段。打仗的时候，他们双方都崇尚旧时代的骑士精神，南方为了保护州权利不受侵犯，北方为了维护宪法不至动摇，他们双方都认定自己是为正义的理念致死奋战。战争结束后，他们又成为普通人，而普通人的概念就是在上帝面前完全平等，谁也无法剥夺他作为人的这个权利，既然同为人，必须互相尊重。这就是为什么纪念碑上会有那一行醒目的大字：“纪念为宪法所保障的州权战斗至死的英雄”。胜利者仍然称那些失败者为英雄！

## 军官的最后指令

在德州政府大楼前的广场上，竖立着另一尊雕像，那是一位骑在马上的南方将领。雕像一侧的石碑上，刻着一段文字，这是南方军队投降之后，部队即将解散，一位田纳西州的将领向部下发出的最后一道指令，这指令是一封告别信。这位将领名叫“Joseph Wheeler”，石碑上这段文字的题目叫作“最后的命令”（Last Order）。



> “勇敢的战友们，仗打完了，你们的任务已经完成。在这四年的浴血奋战中，你们参与了超过一千次的战役，是其中两百多场战役的胜利者，在这些战役中，你们展示了勇气和远见。你们是英雄，是荣誉军人和爱国者！在肯德基、田纳西、北卡、南卡、佐治亚、阿拉巴马和密西西比的战场上，遍布着你们战友们的尸骨，你们尽了你们所能做的一切。我和我的同事们，对你们在战斗中的勇敢，在痛苦受难中的坚韧不拔，和对神圣事业的忠诚，表示深切的感谢！也希望在此表达我个人对你们的友好

感情，表达我对你们深深的敬意！我也请求我们的天父为自由之名，祝福你们！我在此向你们告别！”

设身处地想想当时的情景，战争结束了，南方投降了，将士伤亡惨重，幸存者灰心丧气，这位叫Wheeler 的将领，他是在怎样的心情中写这封信的呢？短短的一封信，朴素的用词，平和的语气，处处透露出军人的尊严，虽然是个失败的将领，却好像是成功地做完了一件事之后解甲归田。这样强大的精神力量是从哪里来的？

我自己被其中的一些词深深打动：“英雄”“荣誉军人”“爱国者”“对神圣事业的忠诚”“自由之名”“天父”“祝福”……如果说这世上有什么东西能够体现生命的价值，那绝不是结局的成败，而是过程中崇高的精神追求。正因如此，南方为自由而战的崇高精神，始终在美国历史上为后人们引以为豪。

## 德州州府的两院

在奥斯汀德克萨斯州的州府，我参观了参议院会议厅和众议院会议厅，会议厅正前方的主席台上，都刻着一行金色大字：In God We Trust（我们信奉上帝）。这句话在美元的纸币和硬币上同样都有。《圣经》里的上帝是美国的立国根基，这就是为什么每一任总统就职时，都要手按圣经向上帝宣誓。不管现在的总统是否只把这件事当作代代传承的形式来走过场，至少在美国历史上，这是一个充满敬虔的神圣事件。

在这两间会议厅的墙上，都有一个挂照片的镜框，镜框里排列的是现任参议员和众议员的头像，十分有趣的是，在这些头像中间，你会看到一些刚出生不久的小婴儿和一些儿童的头像，经讲解员讲解才知道，那些孩子是这些参议员和众议员的孙子孙女！他们想表达什么？是体现一种人性的温情？还是在自我提醒，无论做什么样的决策，必须为后代着想？

更有意思的是，这样赫赫有名的德州州政府参议院和众议院，居然所有议员都是半工，他们两年才开一次议会，历时140天，也就是说，州政府这两个议会厅，两年才开用一次，其他时间仅供游人参观。而这些议员们，不开议会的时候，各在自己的生活圈子里，或者经商，或者务农，或者经营油井，各干各的事业，各过各的日子，和普通老百姓没有两样，他们本来就是从老百姓中间选出来的！

2013年7月

# 谁说我的目光不能流淌成河

在拉萨游玩了两天，我的藏族同学央宗就问我："这次要不要去山南？"我说："当然要去，那是我十分向往的地方……"

之所以十分向往山南，不仅因为那里有高原雪域的绚丽风景，更因为那里是藏文化的发源之地，有什么比得上那些充满异域色彩的地名，那些美丽空灵的传说，那些神秘到令人心颤的历史故事更叫人心驰神往呢？

其实，爱上山南，只需一眼，这一眼是从我到达古老的山南小镇泽当开始的。

泽当镇，隶属山南地区乃东县，处在雅砻河与雅鲁藏布江汇流处，四面荒山环绕，整个镇子就是众山之间凹下去的一个盆地。这么一个毫不起眼的小洼地，却有着藏族历史上的好几个第一！藏族的第一个人类出现在这里；第一间房屋和第一块农田保存在这里；藏族的第一个王朝诞生在这里；第一座宫殿雍布拉康也在这里建造；还有第一座寺庙桑耶寺……

相传很久以前，观音菩萨身边有一个小猕猴犯了戒律，被逐下凡间，小猕猴在贡布日山的一个洞里修行，贡布日神山就是围绕泽当的众山之一。当时，从菩萨泪滴中诞生的度母神为了试探猕猴的定力，便指派了岩罗刹魔女前来勾引，猕猴不依，魔女用自杀来要挟，并说若是得不到猕猴的眷顾，她就会与妖魔为伴，生灵涂炭，祸害人间。猕猴权衡利弊，向菩萨请示，菩萨批准他们成为夫妻。成亲后，他们养育了六只猴子。因为魔女魔性不改，每生下一个孩子就想吃掉，猕猴只好把孩子送到山下那个水草丰美、动物众多、果树繁茂的盆地里去生活。这六只猴子又在短短的三年内，迅速繁衍了几百只后代。这些后代起先还是猴子，后来尾巴越来越短，变成了人。随着人类越来越多，食物来源却越来越少，猕猴只好去求见观音菩萨，菩萨赐下青稞、小麦、蚕豆、谷米等不种自生的五谷。从此，藏人的祖先就以五谷为食，无虑无忧，没事就成群游戏，所以这个地方被命名为“泽当”，意思是“猴子戏耍的坝子”。至今，泽当镇还有刻满经语符咒的猕猴修行山洞，并保存着早期藏民建造的第一间房屋，和收获青稞的第一块田地。

当人类的数量多到形成部落的时候，必然就有了推举首领的要求。在雅砻河谷过着游牧生活的人们，有一天在赞唐廊西遇见了一个英俊勃发的年轻人，他的言行举止非常与众不同。于是放牧的人跑回住地报告长者，长者派了12个颇为聪明的巫师前去调查，他们盘问年轻人从哪里来，小伙子伸出一个指头指了指天，于是他们确信他是从天上来的“天神之子”，非常兴奋，前呼后拥把他扛在肩膀上抬下山去。聚集在这里的人们对这位从天上来的英俊小伙十分推崇，一致推举他为部落首领。这就是后来称作“吐蕃”部落的第一位领袖，人们尊称他为聂赤赞普，“聂”是“肩膀”，“赤”是“宝座”，“赞普”是“英武之主”，这第一位藏王被称为“坐在肩膀宝座上的英武之主”。自此，藏人就称他们的王为“赞普”，而藏民族的第一座宫殿雍布拉康正是聂赤赞普时期修建的，距今已有两千年历史。

当我来到扎西次日山脚下，抬头远眺高高矗立在山之巅的雍布拉康时，着实被它高贵非凡的气势震慑住了。这座被称为“母鹿后腿上的宫殿”，不愧为西藏历史上的第一座宫殿。蓝天白云之下，红顶白墙的宫殿拔地而起，高高的玛尼柱上，风马旗微微飘扬，从山脚下通向宫殿的无数级台阶蜿蜒曲折，仿佛是连接凡尘与圣地的桥梁。雍布拉康高大巍峨，唯我独尊，却丝毫没有霸气和戾气，反而是那样仁慈安祥，它俯瞰苍生，心怀慈悲，无华的外观掩不住它的庄严和神圣。

山脚下有许多牵马寻租的藏民，有男有女，他们或坐在路边，或站在自家的马前，等待游客前来租马上山。我们一家四口各自寻了一匹马，我也招呼带我们的导游扎西达娃一同骑马，他却推辞了，他说他走台阶上去。

牵马的藏民带我们沿着马道直达山顶，扎西却已先到，他在宫殿前等我们，并为我们拍下了骑在马上的照片。下得马来，我看见牵马的藏民大汗淋漓，取下头顶的帽子不停地扇动，心里忽然内疚起来，我对扎西说：“真是不好意思，这么热的天，我们骑马舒服，让牵马人如此辛苦。”

扎西回答道：“你们骑马让他们挣钱，对他们是好的。”

“那为什么我出钱你不肯骑？”我问。



“我是藏民，不一样的，我怕的是骑坏了那匹马。我不敢叫马因我而辛苦。”

他的话让我愣了半晌，这又是怎样一种慈悲心肠！

扎西是敬虔的佛教徒，他告诉我藏民中90%是信佛教的，还有10%不是信基督教，就是信伊斯兰教，没有信仰的藏民极少。作为从前曾是无神论，而如今已把自己完全交给上帝的我，深深知道人有无信仰的差别，因为敬畏心中的神，人才有可能谦卑为怀，才不会心心念念只想到自己，才可能于悲悯心肠有份。再看整个藏民族，生存环境那样恶劣，日常生计那样艰苦，但并不影响他们把生命中最好的献给他们的神佛。他们的寺庙中有最贵重的黄金，最美丽的宝石，最完美的工程，最迷人的艺术，最整体的文化传承，最虔诚的善男信女……他们世世代代的财富几乎全部保存在宫殿、寺庙里，而在他们千百年的历史中，除了20世纪60年代的无神论红卫兵冲进里面打砸、焚烧，从没听说他们中有人觊觎神佛的财物，跑进去偷盗、抢劫！所有这一切难道不是缘于信仰，又归于信仰吗？此时此刻，我心里也生出一个最大的心愿，我祷告我心中独一无二的真神，求他看顾这一方的百姓，救赎他们脱离苦海，赐给他们永生！

站在雍布拉康宫殿前面，俯瞰山南小镇，我可以看到山脚下的村庄，看到村庄里那一栋栋土砖砌成的白房子，看见围绕白房子的大片田野，田野里葱绿的青稞迎风招摇。我的目光继续延伸，似乎又看见了更远处的贡布日神山和神山上的猕猴山洞，这是一个有还是乌有的故事，谁能分辨？那第一个藏人的源起之地，又如何孕育了藏人的繁衍，藏王的诞生，藏文化的源远留存？

谁说我的目光不能流淌成河？随着这目光之河的不断延展，我甚至看到珠穆朗玛峰的巍巍雪顶，看到雅鲁藏布江的宽谷沙丘，那是怎样的孤独与苍凉！也许这个民族注定就是孤独与苍凉的，所幸的是，当我流淌成河的目光，终于可以定睛在造物主无所不在的恩慈与能力上时，我看见了人类的希望。上帝啊，求你赐下真理和信仰，让众生都能在你的恩泽下生活，让历史的痕迹无所不在地遗留，让世间的美善可以有效而伟大地战胜如刀如削的时间！

2016年8月7日

# 谁是你心中的玛吉阿米

在拉萨八廓街的东南角，有一栋非常显眼的三层小楼，因为它的颜色与周边的建筑迥然不同，其他建筑都是白色墙面，而这一栋却是耀眼的黄色，人们走到那个地方，一眼就能看到它弧形的楼身，富丽的色彩，再走近一点，就能看到门廊上那个充满魅惑的名字——玛吉阿米。

这是拉萨八廓街最著名的一家酒吧餐厅，以尼泊尔、印度、西藏风味为主，里面地方不大，陈设也很简朴，可是任何时候都有人排长队等候进入。我知道，这些人大都和我一样，不是为了来品尝食物的美味，而是为了领略另一种情调，感受一段300年前的美丽爱情。



“在那东方高高的山尖
每当升起那明月皎颜
玛吉阿米醉人的笑脸
就冉冉浮现在我心田……”

墙上印着的玛吉阿米

餐厅二楼楼梯转角的墙上，用藏文和汉文两种语言，同时印着这样一首诗歌，诗歌的上方，是一个年轻女子的头像，她就是传说中的玛吉阿米，一个皎洁如明月的“未嫁娘”。

这首浪漫的情诗出自一个响亮的名字——仓央嘉措，他是西藏历史上第六世达赖喇嘛，一位藏民拥戴的活佛，一位才华横溢的浪漫诗人。

相传在300年前的某个夜晚，星空浩瀚，月色皎洁，为了寻找救世度母，身为活佛的仓央嘉措跋山涉水走遍藏区，当他来到拉萨，走进一家小酒馆坐下歇息的时候，忽然门帘起处，一位月亮般娇美的少女出现在他面前，她清澈的眼神，纯洁无瑕的脸庞，深深印在了活佛的心中。从此，仓央嘉措常常光顾这家酒馆，期待与少女再次相逢。然而，天上的月亮时时升起，美丽的姑娘却销声匿迹，那首浪漫的情诗就是这位活佛诗人对月亮少女的追忆，他称少女为“玛吉阿米”，他的许多情诗里都有这个神秘的名字。

有人考证仓央嘉措的情史，证明他情诗中的玛吉阿米，其实是他青梅竹马的意中人次仁旺姆。在他还没有成为活佛入住布达拉宫之前，他在理塘的家乡与旺姆时常相伴，耕作放牧，恩爱至深，入宫之后，他时时怀念美丽的情人，经常微服夜出，与情人相会，他因此写出了大量的爱情诗歌，当然也因此遭遇了严厉的惩罚，他的六世活佛身份被废，最终由他人取代。作为一个转世活佛，他不顾清规戒律，追求凡人的浪漫爱情，于佛法来说固然是大逆不道，但他贴近民心，体验凡尘，通过刻骨的情爱领悟生命真谛，却得到世代藏民们最深切的爱戴。他的诗朴实生动，在民间广为传播，他的情圣形象更受到人们的景仰和倾慕。这就是为什么他虽被废，但世代藏民仍然尊他为第六世达赖喇嘛，而取代他的人被排到第七世，藏民们更愿意相信他们的仓央嘉措活佛，与其说是不思修行、恋慕凡尘，不如说他，是以情爱之躯在凡间的痛苦寂寞，修行来生。

此刻，我坐在玛吉阿米餐厅一个靠窗的座位，缅怀这位情圣诗人不同寻常的一生，不得不感叹上帝赋予人的生命及灵性。

“白羽的仙鹤
请借我凌空的双翼
我不飞往远处
只到理塘就回……”

“那一天，我闭目在经殿香雾中，蓦然听见你诵经的真言
那一月，我摇动所有的经筒，不为超度，只为触摸你的指尖
那一年，磕长头匍匐山路，不为觐见，只为贴着你的温暖
那一世，转山转水转佛塔，不为修来世，只为途中与你相见……”

读这样的诗句，谁能不为他纯真的挚爱打动！那丝柔情，那团铭心刻骨的伤痛，那份无从回转、执着到底的追寻……我想，仓央嘉措，人们对他之所以如此迷恋，是因为，对芸芸众生来说，庸常的生命平淡如水，也只能在阅读别人的故事时偷窥一下超凡的境界。然而，对某些人而言，若从未领略过如此挚爱，很难说不是白活一生，而即便爱之所求不能如愿，亦难说未臻生命的圆满。

回顾历史长河，仓央嘉措在哪里？玛吉阿米又在哪里？300年过去了，活佛以他的真情活在了他的诗歌里，活在了人们的心中，而玛吉阿米，哪里有真爱，哪里就有玛吉阿米，你问过自己吗？谁是你心中的玛吉阿米？你是否曾为她痴狂，为她等待？为她付出生命的持守？我相信，人在至情至性中必能见到神的踪影，愿上帝怜悯那些为爱持守的情侣们，挪去他们的苦难，赐给他们爱有所终，情有归属，愿普天下的玛吉阿米都能回到情人的怀抱！

2016年8月11日

# 你真的到过拉萨吗？

凡是去西藏的人一定会去拉萨，它坐落在雅鲁藏布江支流拉萨河北岸，海拔近3700米，是一座具有1300多年历史的文化古城，著名的布达拉宫就在这里。然而，我要问一句，很多人都去过拉萨，可你真的到了拉萨吗？

回答这个问题，还得从西藏历史上吐蕃雅鲁王朝第33任国王松赞干布说起。松赞干布是吐蕃帝国的建立者，他在位期间，大大扩张了吐蕃的版图，迁都到现在拉萨的位置，并确立了吐蕃的政治、军事、经济及法律等制度，为日后吐蕃成为强盛大国打下基础。西藏的佛教也是松赞干布开始建立的，那时，他获知尼泊尔有一尊佛祖释迦牟尼的8岁等身像，大唐有一尊其12岁等身像，松赞干布开始盘算如何把这两尊佛像请到吐蕃来。



贞观八年（公元634年），松赞干布派人到唐朝提出要娶一位唐朝公主。当时的唐太宗根本没把吐蕃放在眼里，一口拒绝，松赞干布大怒，率20万大军直奔唐朝境内，唐朝西部边境为之震动。吐蕃的强盛令唐朝不敢小视，于是答应了和亲要求。贞观十五年，文成公主嫁入吐蕃，带来了释迦牟尼12岁等身像作为嫁妆。此时，松赞干布已成功迎娶尼泊尔赤尊公主，同时也得到了释迦牟尼8岁等身像。他在逻些为两位公主修建了布达拉宫。“逻些”就是现在的拉萨。

文成公主是一位才情聪慧的女子，据说熟谙星象和五行说，她进藏后，夜观天象，视察地形，发现西藏的地形仿佛是仰卧的罗刹魔女，为防魔女作祟，须在其上建造佛殿方能镇住。文成公主将手上戴的戒指取下，扔到空中，戒指正好掉落在沃当湖里，那个位置正是罗刹魔女的心脏，文成公主确定这就是建佛殿的地方。可偌大一片湖水，如何能建殿？神奇的事情就在这时出现，不知从哪里来的100只神山羊突然现身，它们日夜背土填湖，将湖水填为平地，这才建起了一座寺庙，这就是赫赫有名的大昭寺。这些传说，可以在大昭寺墙上的千米壁画中得到证实，那上面有一幅“文成公主进藏图”，还有一幅“大昭寺修建图”，修建图中，山羊背土填湖，形象栩栩如生，“惹萨”名称由此而来，“惹萨”藏语的意思就是“神羊背土填湖”。惹萨后来改为“拉萨”。所以藏人告诉你，你到了拉萨，却并非真的到了“拉萨”，进了大昭寺，看见神羊背土填湖的壁画，才算是真正到了“拉萨”。

其实，关于拉萨的这些故事，在历史上真有还是乌有，并不重要，重要的是，它像一个接力棒，一代又一代地在藏族人中间传递，几百上千年前的故事，至今在人们心中记忆犹新，这就是文化！在西藏，每一座宫殿，每一幅宫殿里的壁画，每一个村庄，每一种村民房屋上雕饰的图案，都有它世代相传的故事，有可以让人娓娓道来的文化内涵，不会因为时代变迁而轻易改变，也不会因为外来文化的干扰而改头换面。上千年过去了，无论经历怎样的内在灾难，或是外在破坏，西藏，这颗璀璨的异域明珠，依然保持着它古老的信仰，旧有的传承，这样的文化力量才是令人惊叹的！

2016年8月14日

# 向塘铁路的孩子

在美国25年，我几乎没有乘过火车，美国人把火车作为交通工具的比例不高，远途乘飞机，近途开汽车，都比火车方便。虽然不乘火车，我却喜欢看各地的火车站，从东部纽约的中央火车站，到西部开发者最早建造的火车站，我都去看过，每每望着那伸向远方的铁轨，都给我带来无比的神秘感。到了欧洲，可看的就更多，上个月在荷兰，刚到阿姆斯特丹，就被中央火车站辉煌的建筑迷住了，这个建于18世纪的火车站，外表竟然像是天主教的教堂！还有一次去巴黎，慕名前往奥赛博物馆参观，它被誉为“欧洲最美的博物馆”，而吸引我去的唯一原因是，这个博物馆从前是巴黎有名的中央火车站！在美国，我没有机会乘火车，去欧洲，我就不停地乘火车，坐在车厢里那份摇摇晃晃的感觉，以及车窗外稍纵即逝的风景，都把我带回到无比亲切熟悉的状态中。没有人知道，那仿佛是一个时光机，可以带我回到童年时代，回到我的初始之地。

前些日子，收到《台港文学选刊》的编辑游刃先生发来的微信，问我有没有关于铁路、关于火车站的文章，我惊讶于他如何知道我与铁路的缘分，如何知道我可以为此让我的记忆之花铺就成一篇文章？也许这一切纯属偶然，我总是会在某个特定的时刻，写下一些特别的文字，纪念铁轨、车站、火车，与我一生的不解之缘。

上世纪60年代中期，我出生在江西南昌郊区，一个叫“向塘”的铁路小镇。是的，我是向塘铁路的孩子，在那里的铁路小学、铁路中学就读到18岁，然后去上海求学，大学毕业以后去南京工作，接着又来了美国，这一晃，一半以上的人生就过去了。可当我重新回到阔别30年的初始之地时，竟然发现，无论那里的外部场景发生了何等巨大的变化，比如到处是高楼和汽车，比如昔日的尘土路都变成了柏油路，比如街两边的商店、饭馆比从前不知多了多少，但这一切并没有将我记忆中熟悉的东西抹去，我依然分辨得出那个小镇的结构，分辨得出哪里是我住过的新街、民主街，哪里是机务段、车轮场，哪里是从前的八排房子，分辨得出旧时火车站的进口，以及那些伸向远方的铁轨，在春天油菜花田野的映衬下，仿佛依然闪烁着童年时带给我的梦幻。



小时候望着看不到尽头的铁轨，就觉得很神秘，铁轨通向远方，而远方到底有多远，谁又能告诉我？人生下来就会情不自禁地追问三个问题：我从哪里来？要到哪里去？我将如何从来处，到那遥不可及的去处？当我朦朦胧胧地开始想事儿的时候，我总会问自己，将来我是否也会乘上一列火车，到一个未知的远方，去追寻我人生的梦想？

在铁路上长大的孩子，见识会比乡村里的孩子多一些，因为常有乘火车从远方回来的人，比如某一家当火车司机的父亲，或者做乘务员的姐姐，带回一些远方的土产，或者异地的奇闻逸事，与左邻右舍分享的时候，那原本生活在与乡村无异的偏远地区的我们，就像有了一扇秘密之窗，可以窥视外面的世界。我对远方的向往就是从那时候开始的。可能也因为这样的不同，作为铁路子弟的我们，常常在很多方面有很强的优越感，这份优越感，当然是和周边地方上的孩子相比时显现出来的。我们的父母都是铁路工人，那可是当时最吃香的“铁饭碗”，就这一点，也足以让人产生自豪感，这就是为什么那时候铁路上的孩子总看不起周围农村的小孩，动不动就骂他们“臭老表”，而他们身上也真的是臭的，因为在我们背着书包去上学的路上，我们常常看见他们跟着他们的妈妈，去我们的公共厕所掏大粪。那时候我并没有想过，为什么同是孩子，却有这样明显的等级之分？

说到等级，那时候的铁路人就是比别人高一等，我们坐火车是不需要买票的，大人总有办法可以获得免票，乘远途还可以拿到卧铺，这也是非铁路子弟望尘莫及之处。我的先生1979年考上清华，从上饶到北京坐火车的经历是他一生的梦魇，上饶不是起点站，他要被人从窗口塞进车厢，然后金鸡独立站十几个小时，到上海之后，运气好才可以找到一个座位坐一下。在火车上，他看见过有人大小便失禁，看见过有人精神失常，看见过有婴儿热到窒息。所有这些经历我都没有过，因为铁路的孩子知道怎么利用自己的身份。我成年以后做过记者，别的同事常常为买不到火车票发愁，而我从来不事先买票，我知道从哪里可以进站，车厢门堵，我就从餐车上去，直接找车长，亮出记者证，他要我补票我就补，很多时候他就让我坐在餐车里，直到目的地。然而，不知为什么，30年后的今天，从前那些优越感在我心里早已荡然无存。我想到的是，如果火车是帮助我们实现人生理想的工具，谁能上，谁不能上，又由谁来分配？难道真有一双命运的手？为什么不可以做些什么，让有些事情变得更公平？

也许生命本来就是不公平的，即使在铁路地区内部，每个孩子也过着不同的生活。许多家庭生了好几个孩子，却靠父亲一个人卖命的工资养活全家，母亲到处打临时工，孩子放了学也得去为生计帮忙。而干部家庭，父母一定都是双职工，工资福利在那个年代虽然也有限，但比那些贫穷家庭不知道好多少了，他们的孩子是可以去找娱乐的。我小时候的课余时间基本上是在娱乐中度过。

我们小镇中心有个铁路工人俱乐部，俱乐部旁边有个大操场，这是当年整个小镇的活动中心，也是最受铁路工人欢迎的“职工之家”，许多娱乐都在这里举行。我们在大操场看露天电影，在俱乐部的礼堂看样板戏和话剧，每年春节，还猜灯谜，举行康乐棋、绘画、书法等各种比赛，参赛的当然都是小镇上有闲情逸致的铁路工人，比如说干部和他们的子女，比如说外地来的单身。

那时候我年龄小，最喜欢的就是看电影，70年代的国产片《地道战》《地雷战》《小兵张嘎》《草原英雄小姐妹》还有《苦菜花》《闪闪的红星》等等，样板戏就更不用说了，几乎每部都看过。从1966年到1976年，中国人把这十年命名为“文化大革命”，其实就是革文化的命，我们这一代在文化荒芜中长大的小孩，没有奶吃的时候，喝狼奶也会得到相当的满足。多少年之后，我才意识到自己从小到大经历过一个相当长的慢性中毒阶段，需要更长的换血疗程才能把血液里的毒素清除掉。不过，在那时所看的电影中，有一部电影对我一生都是有益处的，具体名字忘了，是一部科教片，教人如何保护牙齿，就是看了那部电影之后，我学会了用正确的方法刷牙，而且特别注意牙齿的保护，以至于直到如今，我的牙齿从来没有给我找过麻烦。

如果说铁路工人俱乐部，在当时还属于“权贵阶层”享有，而旁边那个铁路地区大操场，却是深怀恻隐之心的公共场所，无论是谁，都可以到那里去散步，去乘凉，去看露天电影。冬天下雪的时候，你会看到一群来自不同家庭背景的小孩在那里打雪仗，夏天的傍晚每天都有小孩在踢球，有时候球滚到乘凉的人身上，会挨一两句臭骂。而夏天乘凉的时候，大人小孩都会花一点小钱买一根冰棒，享受一份很大的奢侈。那时候总有人从车站的制冰场，用发给铁路工人防暑降温的免费冰票换来冰棒，再转手卖出，也是能挣一点钱的。我家隔壁一位小哥，初中毕业就不读书了，整天卖冰棒。他父母双亡，寄居在姑姑家，姑姑脾气不好，动不动就把气发在他身上，左邻右舍都听她骂。她的名言“钱就是命，命就是钱，钱命紧相连”，一度成为邻居大人们背后取笑她的话柄，人们笑她的时候，心里未必觉得她说得不对，只是在我们的文化习惯中，有些事可以那样想、那样做，却是不可以直截了当那样说的。而这位小哥，挨骂的时候从不回嘴，他低着头，一边肩膀背着一个硕大的冰棒箱，那样子我至今记忆犹新。我和弟弟经常从他的手里买冰棒，那时糖水冰棒8分钱，奶油冰棒或绿豆冰棒1角2分钱，对于花得起这个钱的我们来说，这真是无比美妙的好时光！

那个操场，除了容纳铁路地区的人，还容纳外地来的无家可归者。那时候总有人讨饭讨到铁路上来，然后离开，我也见过一个可怜的女人，来了就没有走，白天捡菜场的烂菜叶充饥，晚上就睡在大操场的一个角落里，一年到头都是穿一件看不出颜色的破棉袄，夏天实在太热，破棉袄脱下来，里面只有一件很短的烂衣衫。有一年冬天特别冷，听说那个女人冻死了。谁也不知道她从哪里来，叫什么名字，人们每天都看见她，却没有人跟她说话，她也从来没有找过人的麻烦，安安静静地像个哑巴，后来就安安静静地死了，她死了，这个世界上什么也没有缺。

多少年过去了，这件事在我的记忆中仍然留着深刻印象。我无法责怪人情的冷漠，那时候每个人都活得艰难，仅仅为了吃饱活着，其他生命的价值，谁有余力去探究？就是我们自己铁路上的孩子，自生自灭的也很多，那时候一家都有好几个小孩，父母能把我们喂饱就很不错了，别的事情基本上没有能力关照，所以那时候经常听到不幸的消息在铁路地区传播。某某小孩在河里游泳淹死了，某某小孩在铁轨上捡煤渣被火车轧死了，还听说过有小孩爬到废弃的油罐车里捉迷藏，因缺氧闷死了。而我小学里一位姓严的女同学，居然是去附近农民的水塘偷采菱角，坐在一个自家带去的小木盆里，小木盆在水上漂呀漂，忽然失去平衡，她跌进水里，从此就消失了。当时这些事情都很平淡的在人群中流传着，人们听见了，叹口气就走开了，父母们回家把小孩教训一通，隔夜也就忘了。那时候人死了就死了，活着的人依然要坚强地活下去。倒是现在，想起这些事的时候，我心里会被某种疼痛纠缠，人的一生是不是也像一列火车？从初始之地出发之后，能不能到达我们预期的终点，谁又能保证呢？



关于这个大操场，我还有一个深刻的记忆，这记忆是伴随着一对母女顽强的身影的。我有一个同学，父亲很早就因工伤去世了，母亲带着他和妹妹艰难度日，他的妹妹有残障，生活不能自理，可想他的母亲是如何含辛茹苦。好不容易盼着儿子长到18岁高中毕业，马上就能有一个铁路上的工作，支撑这个家了，却在那年暑假，国家来了一个“严打”，我那同学，因为参与某案件，被铁路公安局抓获，也被打掉了。那时候的子弹费涨至两毛，他的妈妈是在为他收尸的同时，交这两毛钱子弹费的。从那以后，我常看见他的妈妈领着他的妹妹，在向塘地区的大操场上走路，开始他妈妈搀着他妹妹的手，后来终于可以放开手，让她自己跌跌撞撞地走。哦，这位母亲，从前她生命的全部希望就是儿子赶快长大，如今她唯一的希望就是女儿有能力独自迈出艰难的一步，在她哪天突然离世的时候，可以一个人继续走下去……

这样的事情，也许我早都该从记忆中抹去，因为人们再也不会相信这种事情还会发生。30年来，我的家乡小镇无论从哪个方面都有了巨大的变化，这种时代的变迁，有时还真让人产生幻觉，尽管我记忆里还是有从前熟悉的一切印象，但那些已经发生巨大变化的外表，足以在我心头产生强烈震撼。

别的不说，就说火车吧，从前那鸣着汽笛，喷着烟雾的庞然大物，那在铁轨上行驶了两个多世纪的蒸气式火车，是我小时候每天都见到的，可它真的在历史上存在过吗？为什么我们现在完全看不到它的踪影了？现在取代蒸汽式火车的全都是快速动车、高铁，一般的火车也全都是机动车。那些火车司机们，再也不用穿从前那样的“油包”工作服，他们可以穿着亮丽的衬衫、皮鞋，头上抹着铮亮的油膏，边在手机上聊着天边开着火车，一切都那么惬意、舒适，多好！

火车先进了，火车站也换了新装，从前破旧简陋的向塘火车站，早已变成两层牌楼式的新建筑。我家乡的好友帮我找来不少珍贵的照片，有遥远年代的黑白照，还有新的彩照。一张向塘车站旧貌换新颜的照片令我欣喜，我从那张照片上看出许多信息，我看出经济的发展，看出人们生活水准的提高，从前拼死拼活勉强果腹的铁路工人，已摆脱贫穷，跨入衣食无忧的小康状态，看出远行的旅客候车环境真的比从前大为改善。这一切令我感到安慰，身在海外，我是多么希望我的故乡一日比一日好，每天都在进步！

可那张照片上也有一些东西令我隐隐担忧，那个车站，看上去就是一个方盒子，它和家乡其他的功能性建筑一样，给人一种漫不经心，潦草随便的感觉，它虽然代替了过去的狭窄和简陋，却没有未来的持久。金钱可以造出很多新东西，但光有金钱能够造出美吗？我们古老的中国传统文化里蕴含了多少美性的艺术，为什么不能运用到我们每天的生活中？包括我们建造房屋的时候，建造火车站的时候？



我想起阿姆斯特丹的中央火车站，那仿佛天主教堂似的典雅外观，用在一个火车站上，有必要吗？而我后来了解到的情况是，这个火车站的建筑师就是一位天主教友，那时候天主教和新教正处在白热化的战争当中，新教的发展，逐渐代替了天主教的优势。可是不管宗教战争如何进行，并没有阻止建筑师把美性原则融入建筑设计中，他也是在用超越一切的美性原则，无声地宣扬自己信奉的理念。如今，人们不必去了解这个火车站的建筑历史，但它超然于功用之上的艺术价值，让后人产生一种肃然起敬的感觉。看着这样一个典雅恢宏的建筑物，难道不会激发起人对艺术的高度虔诚和对文化的无比景仰吗？再看那个巴黎的奥塞火车站，当初因为巴黎不再允许火车进城，奥塞火车站不得不关闭使用，如果它只是一个功能性建筑，早都被拆毁无疑了，一个废弃的火车站留在城中心有什么用处呢？然而，因为这个火车站建筑的优雅绝伦，人们不但没有拆除它，反而把它变成了欧洲最美的博物馆。

这就是除金钱之外，只有文化才能做的事情啊！我的故土，我的家园，曾经是贫穷落后的，又曾经遭受过长期反文化的侵害，那些郁结在我心里的疼痛，正是这双重苦难带来的阴影。现在日子好过了，人们已经开始摆脱贫穷，但反文化的梦魇真的彻底结束了吗？我多么盼望幸福的日子已经来临，多么盼望我故乡的人民，他们的生命得到充分的尊重，他们也视生命为宝贵，为平等，他们可以在一片自由富裕的土地上，充分发挥他们的创造力，他们活着，不仅是为了吃饱饭，他们劳动，不仅是为了眼前的功利，而是为了更长远的福祉，为了子孙后代的福气，为了艺术，为了美，为了生命的真正价值！

哦，我多么希望有一列火车，可以带着我的祝福，驶向我遥远的故土，在那里播撒一些美好心愿的种子，让它开出漫山遍野的花儿来。我知道我心里永远有两条这样的铁轨，神秘地通向我的原乡，通向那个始终被火车的轰隆声簇拥着的向塘铁路小镇，它永远是我梦里牵挂的地方……

2015年5月15日

# 相遇千年古樟林

我一直深信，人的一生中隐藏着无数机缘。与家乡这片千年古樟林相遇，是我2016年7月注定的机缘。

我从小生长在江西，除了出生的那个铁路小镇，江西别的地方却哪儿也没去过。暑假从异国返回故乡，虽然7月天如此炎热，却热不过我探寻故乡风景的激情，我就在这份激情中来到抚州。那天，我从37摄氏度的高温地域，一下闯入一片满眼苍翠、碧树成荫的茂林里，那种清凉舒适的感觉真叫人难忘。眼前这一片参天古木，就是位于江西省抚州市乐安县牛田镇的“千年古樟林”。



牛田镇坐落在乌江岸边，而江西境内的这条也叫“乌江”的河，两岸绵延而下十余华里，有一千多亩的樟树林，当地人是以“十、百、千、万”来形容的：“十里香樟，百鸟绕林，千年古树，万棵成群”。这些古树苍枝交柯，秀梢摇翠，与一脉乌江交相辉映，形成一道美丽的江林风景。而在这十里香樟之中，最壮观的要数“水南村古樟林”，它被誉为“中国第一古樟林”。

我就是在水南村，与这片古樟林相遇的。沿着一条稍加修整的泥

作者漫步在牛田镇的“千年古樟林”

土路，我进到密林深处，里面乔灌与花草种类繁多，白鹭、斑鸠、百灵鸟等鸟类据说有100多种，还有十几种兽类栖居期间。都说动物是怕人的，所以当我走进它们的领地，它们早已不知躲藏到哪里，唯有鸟啼声声萦绕耳际，我在鸟儿美妙歌声的陪伴下，去寻访一棵棵经年古树。

也许你不相信，这一片位于水南村东头江边的古樟林，以香樟为主的古树竟有3000棵之多，树龄多为300至500年，有的长达千年。这些古树形态各异，枝繁叶茂，经历无数沧海桑田，依然生命强健。我看到一棵围径长达6米的古香樟，树龄已逾900年。还有一棵500年的“夫妻树”，同根上长出两个巨大的树身，像人间的夫妻一般相依而生。

最有趣的是一棵“三仙樟”，围径达10米，树龄是1200年！这棵树的上部虬枝交柯，树叶古老苍翠，而下部却是三个巨大的树干，各显出不同的人形姿态，相传曾经有三个仙人云游到北岭，正值洪水泛滥，他们看到水南村像一条“长排”，飘荡在江洪之中，村舍、田地尽都淹没。三位仙人将一柄宝剑化作北岭的一侧山峰，似铁锚般拴住水南这“排形”之地，同时，他们自己化身成一棵“三杆同体”的樟树，镇于江岸，从此，不论乌江潮起潮落，水南之地都能安然无恙。因此，水南一带一直流传着“铁镦吊排，水涨船高，三仙镇水，水南万年”之说。而这棵树便被人们誉为“三仙樟”。

另有一棵“马鞍樟”也流传着气壮山河的典故：这个古樟树围径6米，树龄也是1200年，它的树干有凸有凹，形状像极了马鞍。相传南宋后期，年少的文天祥慕名游览流坑（也是江西的一个千年古镇，有另文详述）后，顺江而下路过这片樟树林，当他看到这棵像是一匹骏马的樟树时，随性跨坐其上，作勒马提枪状，口里呼道：“山河辽阔朔风啸，青龙驰骋收北疆。”这时，一位鹤发童颜的长者正好路过这里，见他年少英俊，意气超迈，便随口说道：“元蒙南侵已嚣张，宋廷昏庸民心惶，后生英气透碧霄，他日保疆成帅将。”文天祥听着老者充满忧虑与期待的话，眼中透出坚韧的光芒，后来他果然成为守军统帅，抗元英雄。乡民为纪念此典故，把这棵樟树取名为“马鞍樟”。

行走在偌大一片樟树林中，我的脚步由不得放慢下来，思绪穿越在历史、现实和未来的空间里。我想知道这片林子的由来，想知道历经岁月的沧桑，它如何能够完好如初？

我在林子出口处遇见一位当地乡民在卖冷饮，向他买了一根雪糕，便开始打听林子的情况。他说："我们水南村主要是丁姓，这片樟树林是我们世代乡民的福地，我们靠着它遮挡风沙，抵抗洪灾，保佑子孙万代，所以保护这片林子是老祖宗的遗训，也是我们每一代子孙的责任，这都是写在族谱里的规定，任何人都没有权力改变的。我们这里的人都有保护樟树林的意识。"当问起他们如何能够躲过"大跃进"的砍伐，"文革"的破坏，他说："要听故事啊？我帮你找个会讲故事的人，他马上就会来！"

果然，不一会儿工夫，我见到了这位丁乃辉大叔，他是水南村的村长，兼这片古樟林的护林员。他给我讲起大跃进的时候，村村寨寨大炼钢铁，需要大量木柴烧火，水南村的乡民宁愿到很远的山上去砍伐松树，也没有碰家门口樟树林里的一棵樟树，因为他们不敢违背了老祖宗的教训。"文革"后期，县里来的干部以征集备战物质为名要砍伐樟树，因为是"革命"需要，村民不敢吱声，那些人专拣大的砍，砍下来发现树干是空心的，就弃之不要，又砍第二棵。每砍一棵，村民们心头就在滴血，砍到第五棵的时候，村民不干了，全村人集体起来抗议，那些人看到人多势众也不想吃眼前亏，只好溜之大吉。但事后，这次抗议行动的带头人，村里小学的丁老师却被以"打砸抢"罪名抓进了牢里，牢狱之灾使他精神失常，几年后放出来，他已完全变了一个人。

谈起这些往事，丁大叔唏嘘感叹。问他如何当上护林员，他说，前辈护林员是他的榜样，之前村里有一位残疾老人，义务守护古樟林20多年，直到2012年去世为止。这位残疾老人的事迹鼓舞着丁大叔，他说：虽然现在国家开始重视森林保护，但很多个人仍然没有保护意识，还是有人偷偷盗伐，或者到樟树林里来放牧，任牲口啃食新长出的树苗；更有一些游客到河边沙洲来野炊或烧烤，尤其是冬天，容易引起火灾，这些都是他作为护林员需要管理的事情。除此之外，每天早上和傍晚，他要到林子里去捡拾和处理游客丢下的垃圾。他家离樟树林不远，只要有空，他就喜欢到树林里走走看看，就像看护自家院子一样看护这片樟树林。

望着丁大叔黝黑质朴的脸庞，我心里充满感动，我为这片幸存的古樟林感恩，为我家乡这些有良知的父老乡亲感到自豪。回到异国已有月余，家乡那片千年古樟林依然时时萦绕在我心头，那里的每一棵树都诉说着一个故事，每一片林都深藏着一段历史。那点点绿荫，是缓缓而来的记忆，那阵阵樟树的香味，是挥之不去的乡愁……

2016年8月25日

# 怀念“千古第一村”

从江西乐安县的“千年古樟林”游玩出来，驱车十五分钟，就来到同属乐安县的流坑村。去年就听说过这个“千古第一村”，我当时就想：什么样的村子可以称得上“千古第一村”？随着近年来中国旅游业的开发拓展，越来越多的古村、古镇走进人们的视野，而凭什么，流坑被誉为“千古第一村”？我猜这里面说不定有为了吸人眼球而哗众取宠的成分，但敢于用这样的称号哗众取宠，或许真有与众不同之处。

一进村口，我的目光就被一大片湖水吸引住了，这一片位于流坑村西侧的龙湖，极有特色，偌大一片湖水从南向北分成七个部分，由五条鹅卵石铺成的小路将其分开，而每条小路中间都有一座造型典雅、建筑精美的石桥，每座桥都是令人惊叹的古迹。流坑村的布局就像一把一纵七横的梳子，村东头那条纵向之路是乌江的堤岸，古时候有码头便于水路交通，是从前贸易通商的集散地。古人建村，依山傍水，很有讲究，流坑村坐落在一大块开阔而美丽的河谷地带，一面傍山，三面临水，资源丰富，交通发达，这样的地理环境，已使我感知到流坑村在历史上曾有的富裕。

这个建于五代南唐，距今已有一千多年历史的古村，早在明朝就被地理学家、旅行家和文学家徐霞客在《徐霞客游记》里记载过：“其处阛阓纵横，是为万家之市，而董氏为巨姓，有五桂坊焉。”一个江边村落，居然是“万家之市”，可见明朝时流坑村已经是一个富裕发达，人口众多的村落。流连在鹅卵石巷道上，我看见一群保存相对完好的古建筑遗址，典雅的青砖灰瓦，昂然向天的马头墙，门楣、屋檐上的雕饰和彩绘，墙壁、窗棂上的花鸟虫鱼、人物山水，虽然经过数百年的岁月沧桑，经过近代“文革”的损坏摧残，许多门廊雕塑上的人头已被砍掉，但造型仍然依稀生动，仍然让我清晰地窥见流坑村当年的繁华风采！这几百处的古建筑，规模宏大，类型齐全，在国内自然村落中实为罕见，这或许是“千古第一村”名号的由来？

在我继续探寻流坑的现貌与历史之后，我发现了另一个实为罕见的事实。在流坑村南，有一座建筑，拱形门之上是一个三角形的门牌，门牌上并无他物，只赫然突现一个五角星。五角星作为新中国的象征，我们早已耳熟能详，这个五角星的门牌正是1949年以后造的。可当你仔细分辨，却看得出建筑的上半部是近代水泥砖头砌成，下半部却是古老的石基。已有考证，那石基是800年前宋代遗留物，当年在这个石基之上的不是五角星，而是另一个牌坊，就是徐霞客文中提到的“五桂坊”。“五桂坊”是宋朝时候，村民为纪念流坑历史上的一件罕有盛事而建造的：宋朝仁宗景佑元年，流坑村董氏一门，父子、叔侄、兄弟五人同时考中进士，被誉为“五桂齐芳”，村民为纪念此盛事，遂建“五桂坊”，只可惜当年的“五桂坊”已了无痕迹，取而代之的是这个五角星的牌坊。再深入了解下去，我发现整个流坑村，两宋三百年间，一共出了26名进士，宋、元、明三朝，也有33人中进士，文状元、武状元也各一名，而流坑村董氏学人的著述流传至今的实有30多种，作为一个地处偏远的山区农村，这样的文化繁荣，古学昌盛，不要说在江西独一无二，就是在全国也属罕见。有这样深厚历史文化底蕴的流坑，仿佛是中国古代文明的缩影，成为后人研究并景仰的所在，将它称之为“千古第一村”，实在是名副其实的。

此刻，我的脑海浮现出另一个问题，流坑村如何会有这样的文脉世代相传？当我来到村北头“文馆”的时候，这个谜底不解自开。流坑村民大都姓董，他们尊西汉儒学家董仲舒为始祖，实际可考的开基祖为南唐时的董合，他是一个拥有相当多土地的地主，从他的第三代子孙董文广开始就兴教办学，代代相传，使得流坑村文脉不断。自宋朝到清朝，流坑董氏家学传承，大小书院不计其数，而这座建于明代晚期的“文馆”，是流坑村保存至今最大的一座书院。从这座三进式的“文馆”遗址，我看到庄严肃穆的上堂，那里显示着古代流坑人对祖先、名臣、乡贤的尊崇与敬重；我看到与藏书楼相通的中堂，那是教书先生讲授经书与学问的地方，世代流坑学子在这里苦学与精进；我看见下堂，花瓶似的门，供先生课间在门里休息，还有雅洁清新的小庭院，供莘莘学子课间小憩，自由漫谈。这样一座书院，古时候是集读书、讲学、祭祖、敬贤、藏书等多功能为一体的所在，它当然不是朝廷的惠赐，而是宗族制度管理之下村民自治的结果，一个注重教育，兴教办学的宗族如何会没有文脉世代相传？这应该就是流坑村文化底蕴丰厚的根源所在吧？

然而这样的历史文脉却不知从何时起戛然而止了，我眼前的流坑再也不是从前的“万家之市”，年轻力壮的都离乡背井外出寻找生路，村里只有老人、妇女、小孩留守，许多房舍已是破败不堪。那些遗留下来的古建筑，也都只剩下空壳，供外地人来此一游，给村民们带来一些菲薄的旅游收入，这或许是帮助他们脱贫致富的一条好的出路？

站在暮色黄昏里，我心里忽然满了一种难以言说的乡愁，我开始怀念起昔日的流坑，仿佛那“千古第一村”曾是我遥远的故土，我怀念古河道上用作商贸往来的竹筏，怀念龙湖石桥上熙熙攘攘的红男绿女，怀念文馆书院里的琅琅书声……这一切早已无从寻觅，望着眼前的人去楼空，我也只能到历史的长河里去寻那一帘残存幽梦，昔日的“千古第一村”足以令我驻足回味，令我在怀念里得享一点点安慰……

2016年9月24日

# 最后的拼图

凡我去过的地方，原都想用文字精心记录留下的足迹，但很多时候其实是心有余而力不足，面对那些从未见过的风土人情，或震撼，或惊奇，或心领神会，或梦转情徊，竟然无暇去长篇大论地写下那份陌生的美丽。比如今年6月我们去英国看女儿，我的大女儿在牛津大学Keble学院的经济系就读本科。我们去东部和南部的小城游览，又去苏格兰自驾，那一座座梦境般的小城，还有蓝天白云牧场牛羊的诗情画意，无一不使我心动如潮。那些日子完全沉浸在异国的风景，以及和女儿相聚的快乐中，只想感受，不想书写，但出于习惯，也还是留下了只言片语，虽不成文，却也能记录当时的所见所闻，所思所想，就把它记整理于此，当作本书的最后一篇吧，是为了提醒自己，旅行的足迹有时候即使不能成文，也还是要随走随记，谁说那些零碎的文字不可以连缀成一幅令人惊喜的图画呢？

## 坎特布雷大教堂

英国坎特布雷大教堂接待访客的传统，可以追溯到中世纪朝圣的年代，1400年来它没有一天中断过为有需要者服务，即便是在欧洲战火纷飞的年代。你能想象吗？是怎样的敬虔与持守才能做到？

## 坎城泛舟

坐在游船上，领略英国东部小城坎特布雷的风光，古老的青石路，静谧的两岸景，1500年前就有的啤酒屋，17世纪就开始经营的小餐馆，世代居住于此的优哉安然的居民……乔叟在《坎特布雷故事集》（这是世界上最早的一部文学作品）里留下的痕迹，或许都可以在这个地方寻见。我在想：是怎样的环境可以使一个叫“文化”的东西悠长蔓延？

## 都德屋

小城南辛普顿的街角，有一栋两层楼的小木屋，那是900年前英国都德王朝时期就有的建筑，人们称它为“都德屋”，那里面记载的历史，和历史上遗留下来的鬼气森森的悬案，让这间小屋充满氤氲的迷雾和令人着迷的神秘……



## 温切斯特小城里的废墟

温切斯特小城里有这么大一片废墟！为什么不去造花园？造住宅区？造城市规划可以制造的一切？哦，就是为了保留700年前的古堡遗迹！古堡早都荡然无存，只有一些断壁残砖，这无异于一块废弃之地，但草还是有人来修，树还是有人来剪，就为它是700年前的古堡旧址，这个小城的人认为，历史是不可抹杀的，哪怕就剩一片残瓦，仍然要让后人看见。

## 牛津大学

“牛津”，顾名思义，就是载牛过河的小渡口，而最早的时候，牛津这个地方就是这么一个小渡口，究竟什么时候它开始建立大学，历史记载不详，但有记录的授课历史是始于1096年，大学的建立自然比这个年代更久远。千年过去了，自由的学术空气，丰富的研究成果，优秀卓越的师生水平，使这所大学始终名列世界一流。它有许多不为外人所知的“家庭传统”，听女儿谈过校园里的一些习惯，比如新生一进校，就会被高年级的“爸爸妈妈”逐个“领养”，进入“校园家庭”中，“家”里有“爸爸妈妈”，还有“兄弟姐妹”，每天晚餐，“一家人”必须坐在一起，畅谈一天的感想，增进感情。等新生

作者参加牛津大学的期末宴会

升入二年级，他们就成为“爸爸妈妈”，领养下一年的新生，帮助他们适应成长。学校是发校服的，但校服只在两个场合穿，晚餐的时候和考试的时候。每天的晚餐是很正式的，学生像贵族一样坐在座位上，有服务人员络绎不绝地从旁伺候，那一刻他们就是贵族。每个周日的晚餐还有神职人员来祈祷，且有乐队来演奏。还有好些令人咋舌的传统历经千年始终一贯，或许正是这些源远流长的日常细节，神秘地保守着这所大学永远一流？

而这所世界一流的大学却仍然保留着“牛津”的痕迹，在校园内的大片草场上，居然放牧着牛群！最现代的校园拥有最古老的建筑，最文明的地方注重最原始的风景，泛舟校区的河流，你会体会到，一草一木都浸染着传统的底蕴，成为文化传承的明证！

## 莎士比亚故居

莎士比亚的故居斯特拉福，四年前来这里是个阴雨天，今天却是无比晴朗，这个静谧的小镇在阳光下熠熠生辉，我的心境又何尝不是充满温暖！因为“永恒的夏天不会褪色”，诗人把爱情比做“永恒的夏天”，而这里，诗人的故居斯特拉福，被称为“永恒爱情的圣地”。



## 华兹华斯故居

闯入美丽的湖畔区一个叫“格拉斯米尔”的小镇，这里是英国湖畔诗人华兹华斯的故居。华兹华斯是英国文学史上继莎士比亚之后最享有盛名的桂冠诗人，生前就得到女王的颁奖。历经200多年，故居的老房子相当完好，里面的家具都是当年的原始保存，那张床和床上的被子，都是当年主人的遗物。在工业革命开始的时候，人们都纷纷往城里迁居，而诗人却选择了移居自然，与山水相伴。去过湖畔区你就知道，这样的选择并非愚钝，青山给他灵性，绿水给他情感，使他成为最著名的诗人，一生都讴歌自然！

## 彭斯的家园

出了华兹华斯的故乡，往北进入苏格兰境内，这里又是另一位英国著名的田园诗人罗伯特·彭斯的家园。《我的爱人像朵红红的玫瑰》《夏天最后一朵玫瑰》都是彭斯广为流传的作品，最耳熟能详的就是那首骊歌《友谊地久天长》了。彭斯是苏格兰一位农民诗人，也是英国浪漫主义诗歌的先驱，他的诗清新简洁，情真意切，唱起来朗朗上口，极大地丰富了苏格兰民歌。

作者在苏格兰的牧场

## 我的爱人像朵红红的玫瑰

作者：彭斯

哦，我的爱人像一朵红红的玫瑰
它在六月里初开
哦，我的爱人像一段美妙的旋律
它在乐音里甜蜜地奏响

多么娇美的姑娘
我深深地爱着你
我要永远爱你下去
一直到四海枯竭

一直到四海枯竭，亲爱的
到太阳将岩石烧裂
我要永远爱你下去，亲爱的
直到生命终结

再会，我唯一的爱人
让我们小别片刻
我要再回来，亲爱的
纵使万里相隔

## 小城拉各斯

苏格兰小城拉各斯海边晚上9:40才日落。令人惊叹的是，格拉斯小城普通一个乡间教堂也是这样壮丽辉煌，且有700年的历史！

## 苏格兰的贡献

避开高速路，走进苏格兰真正的农村，一望无际的草场，悠闲自在的牛羊，干净得令人惊叹，浪漫得令人神往！这片地广人稀的土地，又给世界文明带来怎样的影响？苏格兰最有名的是威士忌，现代社会的光环哪里少得了美酒；高尔夫球最早就是苏格兰牧羊人用棍棒击打羊粪开始的，如今却成了全世界高大上的运动之一；蒸汽机的发明是现代工业革命的开始和象征，而蒸汽机的发明者瓦特就是苏格兰人；以大卫·休谟为首的“苏格兰启蒙运动”对现代人本主义的产生造成不可估量的影响；世界公认的第一大物理学家是牛顿，第二大物理学家是爱因斯坦，紧接其后的这个人也许在中文的世界里不为众多人所知，但他却是世界公认的第三大物理学家，他的名字叫马科斯威尔，他发明了统一的电磁理论，至今还运用在科学和日常生活的各个领域，马科斯威尔也是苏格兰人；是的，还有彭斯，他给世人带来的诗歌之美，谁又能视而不见？这个到现在都只还有500万人口的牧民和渔夫之国，却对现代文明做出如此巨大贡献，让我们反思之余，应当深感谦卑。

作者在坎伯公爵城堡前拍照留念

## 坎伯公爵城堡

在这样偏僻的苏格兰农村，居然有这样一个富丽堂皇，有着浓烈的童话意味的城堡，里面不但财富惊人，而且至今仍有人居住！这是200年前坎伯公爵用武力打败外族侵略而获得的土地，英国皇室就将土地赏赐给他，作为世袭财产，公爵建城堡于其上，世代相传，现在已经是第13代子孙居住其中，名号依然是“坎伯公爵城堡”。在一个视私有财产神圣不可侵犯的国度，才会有这样绵远流传的家族名号，才会有这样深厚的财富积累。

## 尼斯湖怪兽

尼斯湖位于苏格兰的北部，是英国最大的淡水湖。奇怪的是，尼斯湖水的颜色几乎是黑的！那是因为多少世纪之前暴雨冲刷，将山上一种叫作“泥煤”的矿物质冲进水里，天长日久湖水就变成黑色。而“泥煤”是什么？它居然是一种花变的，这种花名字叫“苏格兰石楠花”，从前尼斯湖的两岸开满了深紫色的石楠花，后来地壳运动，将花床埋在地下，就变成了活化石泥煤。这样黑色的湖水自然看不清水里的活物，人们传说这湖里有怪兽，几个世纪以来，不断有人声称自己是目击者，据说那怪兽的样子像早期的恐龙。

## 小城思德林

今晚下榻的酒店是通往爱丁堡途中一个叫“思德林”的小城，城中小广场竖立着苏格兰诗人彭斯的雕塑。我在想，一个热爱诗人，把诗人的雕塑立在城中心的民族，怎么可能不会把地上弄得干干净净，把门前屋后种满花草点点，把每个日子都当作诗意的一天？而这样的人民又如何不会世世代代热爱自己的家园？

## 格拉斯哥大学与亚当·斯密

从尼斯湖向南开，在去爱丁堡的路上，遇到一座城市叫格拉斯哥，这也是苏格兰一座有名的工业城市，格拉斯哥大学更是因为亚当·斯密而著名。这位哲学家、伦理学家、经济学家的鼻祖曾经在这所大学任教，他的《国富论》奠定了现代经济学的基础，他认为：农民种粮，屠夫杀猪，本意绝不是为了让他人有粮吃、有肉食，而是为了让自己从中获利，而自由市场却能奇妙地将本来自私的欲望变成给社会带来益处的所动力，市场自身的调节更能促成社会各领域有效正面的互动。他的理论成为自由资本主义的基础，目前越来越完善的现代经济理论都是从亚当·斯密开始的（记得上世纪80年代上大学期间，教政治经济课的华老师没有少给我们讲亚当·斯密）。格拉斯哥大学里至今还保留着亚当·斯密的宿舍，宿舍楼前面有一块招牌告诉你是哪一间，而后世住在同一个房间里的学子，常常为能与这位先觉者之灵同室而眠引以为豪。

## 爱丁堡的作家之塔

在爱丁堡王子街花园中心，有一座极为壮观的维多利亚哥特式纪念塔，高达200多英尺，登上最高的观景台需要攀缘287级台阶，到了塔顶，整个爱丁堡城尽收眼底。这样一座雄伟的纪念塔是为谁而设？是苏格兰历史上的君王？还是某一位勇敢的征服者？都不是！它所纪念的只是一位作家，一位用文字描写自然，记录历史的行吟诗人，他的名字叫沃尔特·司各特。沃尔特·司各特是英国19世纪的浪漫主义作家，他在诗歌小说中歌颂大自然之美，他写的《苏格兰边区歌谣》在苏格兰家喻户晓。我记得其中的一句：“真爱是上帝单独赐给天堂之下芸芸众生的礼物！”这句话深深打动我心。

司各特作为一名作家得到如此殊荣，这在一个轻视艺术、践踏文化的国家是不可想象的。而为一个手无缚鸡之力的作家建一座如此辉煌的纪念塔，在一个皇权至上的集权社会也是匪夷所思的。

走得多看得多了，你会不由自主地去思想，什么是现代文明，你所属的社会算不算得上现代文明社会？差距在哪里？你有没有宏伟理想去改变？其实每一个人都从改变自身开始，人间也是有可能出现奇迹的。

2016年11月5日

# 后　记

住在美国26年，除了养育四个孩子，陪他们在家读书、游戏之外，就是利用假期全家人外出旅行，足迹遍布美洲、欧洲、亚洲以及加勒比海等世界各地。随走随看，随看随写，尤其是近些年，因为网络发达，与国内的朋友联系频繁，知道他们也想更多了解外面的世界，这使我对写作更上了点心，旅行时也就不再是走马观花，而是用心去感受当地的风土美景、人情文化，又用文字去做尽量细致的表达，这样就积攒了很多篇旅行散文，2013年结集成书，由北美的世界华文作家出版社出版发行，书名为《带一颗心去》。北美作家协会副会长，同时兼任北德州文友社社长的陈玉琳大姐写了序。当时我与玉琳姐认识的时间还不长，但彼此倾慕，用她的话说是“交浅而言深的好友”，请她为我的书写序，她一口就答应下来，而且写得很用心。经过这几年的进一步交往——一起参加作协的活动、共同外出旅行、彼此互访，我们的友情更臻美好，回头再看之前她写的序，更感受到人与人之间的缘分，其实是交往伊始就已注定的。

《带一颗心去》出的是繁体字版，再加上是海外出版，国内朋友无法看到，心里一直有一个愿望，希望能在国内找到出版社再版。2015年夏天，我回到我的故土江西南昌，遇见了我童年时代的邻居大哥张永华，我和华哥小时候是感情很好的玩伴，他见我回来，就找来很多从前的邻居、同学、朋友，大家欢聚一堂，其中有一位还是我们共同在向塘铁路中学就读时候的老师陈东有。后来是东有老师为我介绍了家乡百花洲文艺出版社的主编姚雪雪女士，姚主编很快就指派了刘云编辑和我联系，商讨新书的出版。而华哥愿意做我在国内的全权代表，帮我处理我不便处理的各项事宜。这样，一本新书终于能够在故乡的出版社出版，一直以来的愿望也最终得以实现，我心里满了欣喜和感恩！

我还要在此特别提到东有老师为我的新书写序，当我开口请他帮忙时，他非常谦虚地说："可以试试。"他是家乡的文化名人，不仅在哲学、文化、艺术、教育等多方面有自己的著述，还在江西电视台主持一个《东有论见》节目，关心民生，针砭时弊，从小处着手，揭示重大主题，言辞诙谐幽默、仪态潇洒自如，这个与老百姓日常生活息息相关的节目，也使他的名字家喻户晓。看他写的序就知道，他是认认真真看完书里的每篇文章才下笔的，不要说文字无可挑剔，就连标点符号亦没有一点错处，这样严谨认真、一丝不苟的行事态度，真的令人感动与敬佩！本来说好十二月底完成，还差十天，他就早早寄来序文稿件，没有一丝一毫拖拉。序文寄来，言辞也十分谦和，这些为人细节都反映出他美好的人品修养。我为生命中有这样一位好老师感到庆幸，也为我的新书中有他的序文感到自豪。



新书删减了一些原书中跟旅行无关的章节，保留了原书中的大部分内容，并且增加了一些新写的篇章，以本书开首一篇《温莎堡的黄玫瑰》作为全书的书名，这也是采纳了东有老师的建议，而玉琳大姐的序文也作为“原序”保留在新书里。

一本新书得以出版，于我而言，就像是一个新生儿得以诞生，我生养过四个孩子，每一个孩子的出生过程都不容易，但无论如何，一旦生下来就是巨大的惊喜！说来也巧，这本新书，也是我到目前为止出版的第四本书，不管成书过程多么不易，一旦与读者见面，就是我送给你们的惊喜，希望读者喜欢。

2016年12月19日

于美国北卡爱诗薇儿城

## 附文：

# 文如其人，爱心满溢

陈玉琳

认识王晓丹的时间虽不长，我却非常喜欢她的文章与为人。

晓丹是经由会员谭冠濠介绍而加入本社的， 那时我初接任北德州文友社社长一职，正为每周出刊的专栏需要大量文章而发愁。 晓丹勤于创作，经常传送她的满意杰作给我，送稿件给我时，她总是很谦虚地说请我随意修改。其实晓丹的文笔成熟稳健，每次拜读她的大作我总有如沐春风之感， 沉浸在她流畅的文思、洗练又精湛的文笔中，真是极端享受的一件雅事。

经由Email传送文章，及经常的电话联络，晓丹与我很快成为交浅而言深的好友。我发觉她是位充满爱心的快乐创作者，在家相夫教子，照顾公婆，在社团中热心服务，随和谦虚，其实这些美德早已洋溢于她的作品中。

中文系本科出身的晓丹，除学养丰富外，遣词造句的造诣更为深厚，又因曾担任诗社理事及杂志社编辑而累积丰富的写作经验，她的作品自然是文采丰厚，感人至深。此次再度出版新书——《带一颗心去》（散文集），主要集结她最近两年的旅游心得与家居散记，内容更是包罗万象丰富异常，既有世界各地著名景点的风情故事，又有她个人的心情点滴，在展读她精彩篇章时，我常随着她隽永文笔娓娓倾诉的见闻与感受而悠游沉醉。

在她的《康桥遗梦》一文中，我仿佛见到徐志摩挥别康桥时的身影；在《爱语呢喃的宫殿》这篇文章，我感动于真爱的可贵，几乎是噙着泪水读完全文，掩卷沉思时，不免由心底发出轻声赞叹，既赞佩真爱之感人至深，也格外欣赏晓丹描绘真情挚爱的高明手法。其后发现晓丹的这项特长，正是她文章最大的特色，因而觉得她是位懂得真爱又善于表达真爱的性情中人。

日前晓丹与我联络，邀请我为她的新书写序，我虽不才，但对这位勤于创作的优秀作家，我有太多的感动，谨此写出我对晓丹其人与其文的欣赏，既为恭贺她再度出书之喜，也为记述我与这位文如其人，珍惜人间真情挚爱的文友间一段难得的情谊。

2013年12月17日于达拉斯

**图书在版编目（CIP）数据**

温莎堡的黄玫瑰 / 王晓丹著. -- 南昌 : 百花洲文艺出版社, 2017.1
ISBN 978-7-5500-2103-7

Ⅰ. ①温… Ⅱ. ①王… Ⅲ. ①游记 - 作品集 - 中国 - 当代
②随笔 - 作品集 - 中国 - 当代 Ⅳ. ①I267

中国版本图书馆CIP数据核字（2017）第026415号

**温莎堡的黄玫瑰**

王晓丹 著

出 版 人　姚雪雪
责任编辑　苏双鸽
书籍设计　黄敏俊
制　　作　何　丹
出版发行　百花洲文艺出版社
社　　址　南昌市红谷滩世贸路898号博能中心一期A座20楼
邮　　编　330038
经　　销　全国新华书店
印　　刷　江西千叶彩印有限公司
开　　本　720mm×1000mm　1/16　　印张　14.75
版　　次　2017年5月第1版第1次印刷
字　　数　150千字
书　　号　ISBN 978-7-5500-2103-7
定　　价　29.00元

**赣版权登字　05-2017-47**

邮购联系　0791-86895108
网　　址　http://www.bhzwy.com